講談社文庫

院内刑事《デカ》　ザ・パンデミック

濱 嘉之

JN053972

講談社

目次

警視庁の階級と職名

階　級	内部ランク	職　名
警視総監		警視総監
警視監		副総監、本部部長
警視長		参事官
警視正		本部課長、署長
警視	所属長級	本部課長、署長、本部理事官
	管理官級	副署長、本部管理官、署課長
警部	管理職	署課長
	一般	本部係長、署課長代理
警部補	5級職	本部主任、署上席係長
	4級職	本部主任、署係長
巡査部長		署主任
巡査長※		
巡査		

警察庁の階級と職名

階　級	職　名
階級なし	警察庁長官
警視監	警察庁次長、官房長、局長、各局企画課長
警視長	課長
警視正	理事官
警視	課長補佐

※巡査長は警察法に定められた正式な階級ではなく、職歴6年以上で勤務成績が優良なもの、または巡査部長試験に合格したが定員オーバーにより昇格できない場合に充てられる。

◉主要登場人物

廣瀬知剛………川崎殿町病院リスクマネジメント担当顧問

住吉幸之助……川崎殿町病院理事長
持田奈央子……川崎殿町病院の危機管理担当責任者
牛島隆二………川崎殿町病院外来の危機管理担当
前澤真美子……川崎殿町病院病棟の危機管理担当
栗田茉莉子……助産師
判田誠一郎……感染症内科医長
月岡香苗………若手芸能人。月岡孝昭の娘
月岡孝昭………参議院議員

院内刑事　ザ・パンデミック

プロローグ

「大型クルーズ船内で新型コロナウイルス集団感染が発生し、横浜港《よこはま》に入った模様です」

澤内《さわうち》総務部長が川崎殿町病院の危機管理担当理事、廣瀬知剛《ひろせともたか》のデスクに来るなり報告を行った。

「新型コロナウイルス……中国の武漢《ぶかん》で発生したあのウイルスですか？」

「そうかと思います。大黒埠頭《だいこく》に停泊するようです」

「日本には海上自衛隊の湾岸基地が六ヵ所しかありませんからね。その周辺で十分感染症治療ができる医療機関は残念ながらありません。横浜港に入れてしまうのはやむを得ない措置だとは思いますが……」

「うちに重症患者の引き受け依頼が来る可能性はあると思われますか？」

「まずは国立病院等の公立病院が受け入れることになるかと思いますが、大型クルーズ船となれば乗客、乗員を合わせれば三千人を超えるのではないですか？」

「乗客約二千六百人、乗務員約千人の合計約三千六百人だそうです」

「感染率にもよりますが、当局は乗員乗客を最低でも二週間は船内で待機させ、検疫を行うことになると思いますが……」

「検疫というと、横浜港に入港したとはいえ、まだ乗客は日本への入国は果たしていないわけですね」

「そうです。港はある意味で国境と同じです。密入国は別として、検疫を終えない限り日本国への入国ではありません。空港で入管のチェックが終わらないのと同じですね」

「そういうことですね……そうなると大型クルーズ船内でさらに感染者が増える可能性もありますね」

「感染症のプロフェッショナルは少ないでしょうし、乗船している医師も感染症までは想定していないでしょう。早急な支援が必要になってくると思います」

警視庁公安部出身の廣瀬知剛は四十八歳。危機管理会社代表でありながら、川崎殿《かわさきとの》町《まち》病院が属する医療法人社団敬徳会《けいとくかい》理事会の常任理事を兼務、また同病院の〝院内刑事〟として危機管理を担当していた。

廣瀬の話を聞いて総務部長が深刻な顔つきになって訊ねた。

「当院の感染症専門医は判田《はんだ》誠一郎《せいいちろう》医長と畑瀬《はたせ》直樹《なおき》医師だけですよね」

「そうですね。二人ともアメリカで四年間、疾病予防管理センター（Centers for Disease Control and Prevention：CDC）での研修を終えていますし、二〇〇二年に発生した新型コロナウイルスSARS（Severe Acute Respiratory Syndrome／重症急性呼吸器症候群）の時には現場で治療に当たっていたようですからね」

「よく彼らのような優秀な感染症対策の専門家をうちのような個人病院が獲得できたものですね」

「敬徳会が成田《なりた》の病院を作る時に、感染症専門の医師、薬剤師、看護師と、感染制御認定臨床微生物検査技師を採用したんです。そして羽田《はねだ》空港の国際化が進む中で、多くのVIPが利用する羽田空港の重要性が高まってくることから、全室個室化した感染症病棟や重症系病棟への陰圧室配置を当院の設計図に入れて、彼らをこちらに呼び寄せたのです。個人病院としては希少な感染症病床二床を保有することになったわけです」

廣瀬は川崎殿町病院の設計段階の頃を懐かしそうに語った。

川崎殿町病院は神奈川県川崎市の工業団地内にある、国内でも病院経営のモデルケースとなっている医療法人社団敬徳会傘下の総合病院である。この医療法人の理事長・住吉幸之助《すみよしこうのすけ》は「診療をしないオピニオンリーダー」として知られる日本の医療業界の実力者であり、内閣府や厚生労働省で複数の諮問《しもん》委員会の委員を務めていた。

総務部長が「うーん」と唸《うな》りながら訊ねた。

「まさに先見の明……ですね。これは廣瀬先生の発案なのですか?」

「とんでもない。全ては住吉理事長のお考えですよ」

「やはりあの方はある種の天才なんでしょうね」

「診察はしませんけどね」

廣瀬が笑いながら言うと総務部長が首を傾《かし》げながら、やや声を潜めるように訊ねた。

「理事長はいつごろから診察をしなくなったのですかね」

「アメリカでは臓器移植のプロだったようですが、日本に帰ってきて赤坂《あかさか》の本院を継いだ段階で経営に専念するようになった……と聞いています。病院臭のない病院を創る……という日本の病院改革の先駆けを行ったわけですね」

「今でも診察室にあるベッドに敷くペーパーシーツは全てアメリカから直輸入ですからね。アメリカの病院で行われている紙文化をそのまま持ち込んでいるのは、日本でもうちの病院だけでしょうね」

「治外法権の米軍基地内の病院から緊急手術で転院してくる患者さんも、これには感心してくれていますね。この噂は米軍内でも評価されて広まっているそうです」

「どうして他の病院はペーパーシーツを活用しないのでしょう。そういう僕もこの病院に来て初めて見て驚いたものでしたが……」

「経費削減が第一なのでしょうね。また、紙業者にとっては需要と供給の問題もありますけどね」

「日本の医療は遅れているのですか？」

「アメリカよりも二十年は遅れているでしょう」

「二十年……ですか？」

「日本では未だに心臓移植手術をやっただけでニュースになることもあるし、ドナー数が足りないことも確かですが、国内での心臓移植手術は年間八十四件が最大でしょう。これに比べるとアメリカは年間二千件以上、ある病院では一ヵ月で五十件以上の手術が行われています」

「そんなに違うのですか……」

「さらに言えば、ＭＲＩや脳神経手術に使用される医療機器のほとんどは海外製で、国産のものはまずないでしょう。日本の優秀な外科医はほとんどアメリカで修業するか、海外で活躍しています。これは小説やドラマにもなっている大学病院独特の権力構造の弊害が未だに残っているからです」

「確かに個人病院でさえ、いまだに院長回診なんていうのを仰々しくやっているところもありますからね」

「あんなのを見てしまうと『お前は何様だ……』と訊ねたくなってしまいます。くだらない権威付けをする前に、もっといい医者を育てる努力をすべきなんです」

「その点でもうちの理事長は若手の育成に余念がないですね。病院の利益の半分近くを職員の育成に使っていますからね」

「そう、一般開業医の子弟ではなく、自分の力で這い上がってきた医師を育てるのが理事長の基本姿勢なんですね。ご自分は三代目なんですけど、日本中の大学病院に強力なネットワークを持っていますし、業界としては不思議な存在ですよ。大学病院に対しては文科省ルートを盛んに活用していますね。『診療しないオピニオンリーダー』と呼ばれることに誇りを持っている、いわば政治家に近い実業家ですね」

「政治家……確かに日本だけでなく海外の政治家との接点も大きいですよね」

「そう。例えば日本の国会議員でアメリカの上下院議員と十人以上のパイプを持っている人なんてほとんどいませんからね。それも民主、共和両党の重鎮を押さえている」

「そうなんですか……まるでロビイストのようですね」

「実際に理事長にロビー活動を依頼してくる、トップを目指している議員もいますよ。『自分でやれ』と言いたくなってしまいますけどね」

廣瀬が笑って言うと総務部長が腰をかがめるような仕草を見せて訊ねた。

「しかし、廣瀬先生は理事長の片腕的存在として国内外の政治家や経済人とも接点を持っていらっしゃるそうですが、それはうちの医療法人に入る前からの人脈だったわけでしょう？　どうやってそういう人たちと知り合うことができるのですか？」

「それはここにお世話になる前に警察という看板を背負っていたからでしょう。誰しも警察を無下《むげ》に扱いませんからね」

「一口に警察といっても、いろいろあるようですし、失礼ながら廣瀬先生はキャリア官僚ではなかったわけですよね」

「そうです。ノンキャリで交番のおまわりさんからのスタートですよ」

廣瀬が穏やかな笑顔で答えると総務部長はさらに腰をかがめて訊ねた。

「それでもこれだけの人脈を築かれた……というのは何か大変な仕事をなさっていた

……ということなのでしょうか？」

「警察でやってきた仕事の内容の九割以上は、墓場まで持っていかなければならない内容ばかりです。ただ、叩き上げのトップまでのぼりつめる能力はありませんでしたし、僕の場合は単に運がよかった……ということだけでしょうね」

「ノンキャリは、どこまでのぼりつめられるものなのですか？」

「ノンキャリの同期生の中には、もう二度目の署長を終えて本部の部長候補になっている者もいます。階級で言えば現在警視長。うまくすれば在任中に警視監になる可能性もあるんです。警視監という階級はキャリアの多くが辞める時の階級ですからね。ノンキャリでそこまで行くのは全国警察の中でも警視庁だけで、それも数十年に一人……という確率なんですよ」

「警視庁本部の部長と言うと、他の道府県の本部長よりも上になるのですか？」

「道府県よりは上ではありませんが、小規模県の本部長は警視長ですし、中規模以上の本部長経験者が警視庁本部の部長になることは多いです」

「まさにエリート中のエリート……という存在ですね」

「そうですね。叩き上げの中では憧れの存在でしょうね。しかも、そういう人物は人間性も優れています。下手なキャリアよりもはるかに大きな人脈を築いているものですよ」

「そうですか……廣瀬先生も組織に残っていたら大変なところまで行かれていたかもしれませんね」

「反実仮想の問いには答えることはできません。僕の場合はただ自分の将来の先が見えたから職を辞しただけです。ところで総務部長、新型コロナウイルス問題の他に何かご用件があったのではないですか？」

廣瀬の問いに総務部長は頭を掻きながら答えた。

「廣瀬先生とはなかなか話をさせていただく機会もありませんし、話を伺っているだけで実に楽しく、しかも役に立つものですから、ついついいろいろなことを聞いてしまいました。実は新型コロナウイルス問題に関しまして、事務長から感染症対策のドクターをあと二、三人増員した方がいいのではないか……というご意見を受けたものですから、廣瀬先生にご相談にあがったようなわけでございます」

「感染症専門医に関することならば、担当の判田医長のご意見を聞いたほうが早いのではないですか？」

「医者の世界というのは学閥等の派閥が強くて、中でも感染症専門となりますとWHOに出向経験がある方をどうか……という意見もありまして……」

ＷＨＯ（世界保健機関：World Health Organization）は、人間の健康を基本的人権の一つと捉え、その達成を目的として設立された国際連合の専門機関（国際連合機関）である。ＷＨＯ憲章の前文には「健康」を「身体的、精神的、社会的に完全な状態であり、単に病気あるいは虚弱でないことではない」と定義し、非常に広範な目標を掲げている。

「僕は医師の選考に関しては専門分野ではありませんから、基本的に口を挟むことはしませんが、ＷＨＯが出てくれば話は別です。僕は少なくともＷＨＯという組織は全く信用していません。日本の感染症専門医の中にもＷＨＯ出身の方は多いようですが、どなたも学者さんばかりで、本当に感染症の治療に携わった経験があるのかが疑問なのです。それというのも、ＷＨＯはエボラ出血熱の時も、ＳＡＲＳの時も、そして今回の新型コロナウイルス案件にしても常に初動のミスを犯しているからです。しかも現在の事務局長を務めるテドロス・アダノム、その前の事務局長のマーガレット・チャンも中国共産党の手下のような存在ですからね」

「中国共産党の手下……ですか？」

「それだけではありません。テドロスはこともあろうに、今回の新型コロナウイルス問題に際して、各国のワクチン開発や感染防止策の支援に六億七千五百万ドル（約七四〇億円）が必要だと国際社会に資金援助を求めるようなんです。しかも、そのうち六千万ドル（約六十六億円）はＷＨＯの運営費に充てられ、残りが新型コロナウイルス対策で支援を必要とする国々に支給されるという、とんでもない要求をするようですよ。近々発表されるとの情報がありますす」

「日本は支援すると思いますか？」

「絶対にそのようなことをしないように僕も官邸に直接電話を入れましたよ。これから日本がどれだけ新型コロナウイルス対策に金がかかるかわからない状況で、火事場泥棒に追い銭をするような馬鹿げたことは絶対にしないように……とね」

「官邸……総理大臣にですか？」

「官房長官と官房副長官にです。ＵＮ至上主義はそろそろ見直す時期ですからね。その中でも特にＷＨＯとユネスコに対しては厳しい目を向けるべきです」

「ユネスコ……もですか？」

「ユネスコではまず第六代事務局長のムボウはユネスコの予算を私物化し、部下は自分の縁故ばかり、パリで贅沢に暮らし使途不明金は千四百万ドルにも及んだんです。この金額と同等以上の日本からの拠出金は露と消えてしまったわけで、その結果、米・英・シンガポールがユネスコを脱退しています。世界遺産の登録で一喜一憂している地元の商業者と一緒になるな……ということです。世界遺産の登録の裏で使われる不透明な金は厳しく追及されるべきです。文科省ももう少し頭を使ってもらわなければなりません。世界遺産を単なる金の生る木の観光資源としか見ていないようでは情けない。特に自然遺産に関しては自然と人の共存を理解しない欧米人がそうした文化を否定しようとする傾向が強いですからね。捕鯨禁止を叫ぶ自然保護団体出身者も選考委員の中には多いのですよ」

「そうなんですか……全く知りませんでした。何よりも感染症専門医とＷＨＯとの関係に関しては私も頭の中に入れておきます」

「判田医長もおそらく僕と同じお考えだと思いますよ」

廣瀬が言うと総務部長は三度頭を下げて退室していった。これを見て廣瀬は携帯電話で医療法人社団敬徳会理事長の住吉幸之助に電話を入れた。

「おや廣瀬先生、珍しいですね。何かありましたか？」

「新型コロナウイルスの感染者が出た大型クルーズ船が横浜港の大黒埠頭に接岸したニュースはご存じでしょうか？」

「そうらしいね。今、知事部局から連絡が入って、川崎殿町病院の受け入れ態勢を聞かれたところです」

「手回しがいいことで……それで理事長はどのようにお答えしたのですか？」

「公共病院が手に負えない状況になれば、設備と認可がある以上拒絶はしないが、感染症に関しては応召義務はない旨をきつく言っておきましたよ」

「さすがです。ところでつい今しがた、総務部長が部屋に参り感染症専門医の増員に関して打診してきましたので、判田医長に相談するように言って帰したところです」

「総務部長か……彼も厚生省ＯＢですからね。まだ役人気質が抜けないところが玉に瑕《きず》なんだが、まず廣瀬先生に相談するようになっただけでも進歩があったようですね」

「僕には医師の採用に関しては何の権限もないことを伝えました」

「採用には直接関わらなくても、問題ある医師を解雇する際にはこの上ない能力を発揮されますからね」

「それは危機管理上仕方がないことです。本来ならば採用時点でわかっていればいいのですが、医師の世界は未だにコネが幅を利かせますからね」

「私も全ての医師の採用に関して面接を行っているわけじゃないですからね。医長クラスになれば話は別なんだが……今回のような感染症専門医の選考は難しいと思いますよ。同じ医師免許を取得して専門分野に入ったとしても、直接医療に携わる者と学者になる者では医師としての常識の幅も違ってきますからね。厚生労働省が選ぼうとしている新型コロナウイルス感染症対策専門家会議のメンバーを見ても学者ばかりで、社会常識に欠ける人物も何人かいますからね」

「そのようですね。人の命も数字でしか見ないような人がいるのは事実です」

「人の命か……ＰＣＲ検査そのものがどれくらいできるようになるのか……ＳＡＲＳの時の反省を最もおざなりにしてきた人たちの集まりだからね」

ＰＣＲとはポリメラーゼ連鎖反応（Polymerase Chain Reaction）の英語表記の頭文字を取ったもので、ＤＮＡサンプルから特定領域を増幅する技術のことである。ＰＣＲ法は感染性病原体の検出だけでなく、親子鑑定などで利用されるＤＮＡ型鑑定など幅広い分野で使われている。映画にもなった恐竜等の古代ＤＮＡサンプルの解析もまさにＰＣＲによるものである。

「そうなんですか？」

「まあ、見ていればわかりますよ。総務部長ではないが厚生労働省の委員とＷＨＯ勤務経験者がどれだけ対応を見せてくれるものか、そしてそれを判断材料にして政治がどれだけリーダーシップをとってくれるのか……二〇二〇東京オリンピックを控えて先手先手の判断をどれだけ取ることができるか……ですね」

「僕はどれだけの税金の無駄が行われるかを、本業とは別の岡目八目的な感覚で見てみたいと思っています」

「それはいいことですな。私は東京オリンピックの招致が決まった段階で東京都民ではなくなったからね。血税がどれだけ馬鹿な連中に使われるのか推して知るべし……だったよ。まず都知事が問題だったんだが自爆してくれましたしね。医療の世界では、例の医療法人と都知事の癒着は有名な話だったからね」

「そうだったのですか……国立競技場の設計問題もありましたしね。何から何まで杜《ず》撰《さん》と言えば杜撰な世界ですよね」

「オリンピックを平和の祭典なんて思っている日本人は一割もいないということですよ。それをかつての東欧諸国のように国を挙げて国威発揚に利用しようとしている。今の日本のスポーツ競技の世界で、真摯《しんし》に責任を取ることができる人は五指に足りないのが実情だよ。もっと学問に打ち込んでいる人たちに目を向けるべきです。うちの医療法人にスポーツ外科を置かないのはそこに理由の一つがあるんですよ」

　住吉理事長の言葉を廣瀬は重く受け止めていた。四年に一度のスポーツ選手のお祭りに比べ、世のため人のために何十年もの間、一つのことを研究している人たちの存在をあまりに軽んじているのではないか……ノーベル賞を受賞した時だけ大騒ぎする日本の多くのマスコミにも問題が多いのは事実だった。

電話を切ると廣瀬はこれまでのコロナウイルスに関する問題点やその対応について勉強を始めた。

「コロナウイルスか……その名称が使われるようになったのは電子顕微鏡でウイルスの形がわかってからの名称だろうな」

廣瀬は勉強していくうちにウイルスを撲滅すること自体が不可能であることを認識した。

「今後、どうやってウイルスと共存していくかが問題なのか……中国もまた厄介なウイルスの感染を拡大させてくれたものだ」


廣瀬は内閣情報調査室時代に知り合った厚生労働省の幹部に電話を入れた。

「黒瀬《くろせ》さん、ご無沙汰しております。以前、内調でお世話になった廣瀬です」

黒瀬直人《なおと》は厚生労働省キャリアで、将来の事務次官候補の一人に挙げられている人材だった。

「誰かと思ったら廣瀬ちゃんか。相変わらず三年に一度は携帯番号を変えているの？」

「いえ、一般ピープルになってからは変えていません。あれは公安部時代の悪しき風習というか、人間リストラクチャリングをしなければならないほど、今は情報交換を必要とするような新しい人と会う機会は少ないんです」

「巷《ちまた》の噂では住吉幸之助さんと一緒に仕事をしているんだって？」

「一緒に……ではなく、使っていただいているだけですよ」

「日本の病院業界のドンのような人だからね。うちの大臣ですらそうそう会うことができない人なんだけど、住吉さんも流石《さすが》なら、廣瀬ちゃんもやはりただ者ではなかったという証《あかし》だね。今の立場はどういうことをしているの？」

「医療法人社団敬徳会の常任理事兼川崎殿町病院の危機管理担当です」

「日本の病院の新たな形と言われている川崎殿町病院か……ＶＩＰ専門病棟があり、さらには感染症指定病院にまでなっているんでしょう？」

「そうなんです。今回の新型コロナウイルスでも新たな体制を組まなければならなくなるやもしれません。この件でご相談があって電話したんです」

「これは大変なことになる可能性があると思うよ。私も情報収集をしているんだけど、全ゲノム配列を確認した結果、どうやらこのウイルスは人工的に造られたもの……という話なんだよ。この件に関しては電話じゃなんだから、時間があったら出てこない？」

廣瀬は黒瀬へのアポイントメントを取って直ちに霞が関《かすみせき》に向かった。

厚生労働省は日比谷《ひびや》公園と都道を挟んだ霞が関一丁目の中央合同庁舎第五号館にあり、その一階から二十二階を占めている。

黒瀬が勤務している大臣官房は上層階にあった。

大臣官房というセクションは他省と同様、厚生労働省の行政を総括し、基本政策の立案、法令の制定改廃、予算編成、組織、人事、国際関係及び統計等を含めた総合調整を行い、国会、省庁、マスメディア、国民一般及び対外国等に関する省全体の代表窓口としての機能を担っている。

その中でも黒瀬は省内の官僚としてはナンバーファイブに当たる国際担当総括審議官というポストだった。

廣瀬との出会いは廣瀬が内閣情報調査室に勤務していた頃。黒瀬は大臣官房総務課企画官として、国会連絡室長を併任していた。

「いつのまにか総括審議官ですか……」

エレベーター前で廣瀬の到着を待っていた秘書官に案内されて総括審議官室に入るや、廣瀬は笑いながら挨拶代わりに言った。

「この時期、急に国会質問が増えてお役所仕事が多くなってしまったよ」

「僕が最後に会った時は国際保健・協力室長の頃でしたけど、もう総括審議官になっていたんですね」

国際保健・協力室は、厚生労働省の所掌事務に係る、開発途上にある海外の地域への保険分野における国際協力に関する事務を総括するセクションだった。

「今話題のＷＨＯとの関係が強かったのですか？」

「形式的には国際保健の総元締め的存在だから、無下にはできないんだけどね」

「形式的というところがＵＮの不安定な立場をよく物語っていますね」

「ＵＮね……国連と言わないところが廣瀬ちゃんらしいね」

「どこかのバカがＵＮを国際連合などという文言に訳して、それをありがたがる日本国民の多さに呆れるだけなんですけどね」

「そういえば廣瀬ちゃんは国連嫌いだったね」

「小学生の頃には国連事務総長になりたいと卒業文集に書いたことがあったくらい、日本の教育も公共放送もおかしかったんですけどね」

「国連事務総長か……当時はまだ日本も発展途上国だったんだろうね。それが公安警察に入って真実を知った……ということかな」

「United Nations のどこから『国際』という誤訳、というよりも悪意のある訳が出てきたのか。そもそもUnited Nations の憲章は一九四五年六月二十六日に署名されている、アメリカ合衆国・イギリス・フランス・中華民国・ソビエト連邦の連合国によるもので、その『連合国』こそUnited Nations の正しい翻訳じゃないですか」

「そのとおりだね。私も厚生省時代にハーバード大学に留学した時にその事実を始めて知って愕然としたものだよ。騙《だま》されていた……とね。それ以来、私は外務省を一切信用しないことにしている」

「悪意ある誤訳をした張本人……というところですか？」

「まさにそうだね。その誤訳が、北方領土がいつまで経っても日本に返還されない原因になっていることを、未だに国民に隠し続けている。そんな事実を知ってか知らずか、スパイ上がりの大統領と何十回も首脳会議を行いながら、いつも重要な問題を袖にされている無能な政治家のパフォーマンスには呆れるばかりだ」

「厳しい意見ですね。この件に関して言えば、北方領土が合法的にソ連（ロシア）領になった論拠として、最近、ロシア政府は国連憲章一〇七条を前面に押し出してきましたからね。対処方法如何《いかん》でUNの本性が現れてくることになるかもしれません」

「その時になってようやく多くの日本人が国連といういかさま機関の実情に気付くことになるかもしれません」

とになるのだろうね」

国連憲章一〇七条（敵国に関する行動）には「この憲章のいかなる規定も、第二次世界大戦中にこの憲章の署名国の敵であった国に関する行動でその行動について責任を有する政府がこの戦争の結果としてとり又は許可したものを無効にし、又は排除するものではない」と定められている。

つまり、国連憲章は日ソ開戦以前に署名されているため、この条文を根拠として北方四島のロシア編入は国際的に認められている……というロシアの主張である。

「いかさま……ですか……UN、つまり連合国の対立軸が旧『枢軸国』である日独伊の三国であり、UNを『発起』した連合五国がそのまま、半永久的特権である拒否権を持つ『安保理常任理事国』なのですからね。これが戦後七十年経った今、国際機関といえるかどうか……です」
「国際機関ではあっても、全ての参加国に対して中立的な存在でなければ意味がないのだよ。拒否権や敗戦国規程を保持したままの中立などということはありえないからね」

黒瀬の言葉を聞きながら、廣瀬はUNに追従することしか考えない日本国外務省の立ち位置を考えていた。すると黒瀬が本題に切り込んできた。

「ところで廣瀬ちゃんは今回の新型コロナウイルスに関して、何か情報を取っているのかい？」

「今の僕の立場ではインターネット情報と古巣の警視庁の情報を総合して判断するしかありません」

「発生源の情報をどう考えている？」

「やはり中国政府の関与があるようですね……武漢には『中国科学院武漢国家バイオセーフティラボ（生物安全実験室）』という悪名高い施設がありますからね」

「さすがによく知っているね。今回のウイルスが最初に見つかったのが、そのラボから二十キロも離れていない市場だったんだよ。しかも、中国政府が当初この新型コロナウイルスをひた隠しにして、告発者を『自己批判をさせる』という形で処分したことに大きな問題があるんだ」

「黒瀬さんは何か摑んでいらっしゃるのですか？」

「二〇〇二年十一月十六日に、中国南部広東省から始まったSARSのときの中国当局の対応と、今回の対応が極めて似ているんだ。学習能力がないといえばそうなんだが……」

「中国温州市での新幹線事故の時とも同じ、組織的な隠蔽を図っていた……ということですか」

「そう。しかも、この時も同様にＷＨＯが中国を庇い続けたんだよ。まず、ＷＨＯの終息宣言後の二〇〇四年四月になって北京と安徽省でＳＡＲＳ症例が再発した。中国衛生部は記者会見で、北京の中国疾病予防管理センターの実験室からウイルスが漏洩したことが原因だとし、調査を行う方針を示したんだ」

黒瀬は何のメモも見ることなく話していた。廣瀬も黒瀬の言葉を頭に入れ始めた。

黒瀬は続けた。

「同年七月二日、中国政府系メディア『人民網』が当局の調査結果を報道した。同センターの傘下研究所、ウイルス予防管理センターの研究員がセンターのＰ３実験室（バイオセーフティレベル３実験室）からＳＡＲＳウイルスを持ち出し、一般の実験室で研究を行ったあと、感染が広がったのだよ。そして、最終調査の結果、ＳＡＲＳの実験室内感染の原因は、実験室内バイオセーフティ管理が不適切であったこと、規則が遵守《じゅんしゅ》されていなかったこと、実験者の不適切な実験操作があったこと、実験室内安全対策が十分でなかったことにあり、結果として実験室汚染と研究者の感染に至る責任重大な実験室内事故につながったことが明らかになったんだ」

「何とも中国らしい……というか……そうなると二、三年後にまたしても同じような調査報告がされる可能性があるわけですね」

「WHOの主要メンバーが変わった後のことだろうな」

「やはりそうですか……」

「少し話を戻して、中国科学院武漢国家バイオセーフティラボのことなんだが、ここは中国最初のP4（レベル4、BSL-4、密閉式で危険なウイルスを取り扱うことができる）のラボであり、二〇一五年一月末に竣工、二〇一八年一月に正式運用が始まっているんだ。SARS感染を経験した中国がフランスに技術協力を求めて建設されたラボなんだが、実は二〇一七年二月の英科学誌『ネイチャー』に、米国の著名なバイオセーフティコンサルタントが『中国の官僚文化の伝統からみてこのラボは安全ではない』と警告していたんだよ」

「そんな事実があったのですか……そうするとSARSウイルス同様、今回の新型コロナウイルスは自然発生ではない……とお考えなのですか？」

「実はある機関がすでに先月後半に今回の新型コロナウイルスのDNAによる全ゲノム配列を確認しているんだ。この結果ウイルスは人工的に造られたものの可能性が高いようだ」

「どうしてそんなことを……」

「これはね白人攻撃兵器の可能性が高いようなんだ」

「白人攻撃兵器……ですか？」

廣瀬が思わず声を上げた。

「廣瀬ちゃんは臨床薬理学のことをどれくらい知っているかな？」

「臨床薬理学ですか……いわゆる、医薬品を開発する段階で数々の臨床試験に関わる学問のことでしょうか？」

「まあ、いい線はいっているな。さすがだね。医薬品は日本で開発されたものよりも諸外国で開発されたものの方が多いことは知っているよね」

「そうですね。一時期流行《はや》ったバイアグラなんてのもそうですよね」

「例えがそれか……」

黒瀬が笑って言った。

「僕が知る限り代表的な海外の薬なもので申し訳ありません」

「いや、それも同じ事で、バイアグラは国内では一切生産されていない代表的な薬の一つだね。ただ、海外の製薬会社が創った薬の治験者はその国の人ということになるよね」

「それはそうでしょうね」

廣瀬が首を傾げながら答えると黒瀬が訊ねた。

「廣瀬ちゃんは結構海外出張に行っていたけど、向こうでケガをしたり病気になったことはないかい？」

「一度だけあります。ロサンゼルスの大富豪の家に行った時に、そこの庭で飼っている熊に嚙まれたんです」

「熊？」

今度は黒瀬が驚いたのか、身を乗り出しながら大きな声を出した。

「サーカスに出ていたおとなしい熊で、僕もそれ以前に二度、会ったことがあったんです。もちろんエサも与えたことがあったのに、忘れられていたんでしょうね」

「どこを嚙まれたの？」

廣瀬が左手の上着とワイシャツの袖を捲《まく》って肘の部分を見せて答えた。

「ここです」

その部分には十五センチメートルほどの幅に幾つかの縫合の跡が並んでいた。

「これが口の跡だとすれば、やはり相当でかい熊だよね」

「はい。何と言ってもグリズリーですから。立てば三メートルくらいにはなりますね」

「その後、その熊はどうなったの？」

「僕はすぐに医者に連れて行かれて診察を受け、縫合してもらったのですが、熊に嚙まれたことは内密にしてもらいたい……ということで、犬に嚙まれたことにしたんです」

「なるほどね……アメリカでは州によって違うようだが、動物が第三者を嚙んだ場合には殺処分にされるのが一般的だからね」

「そのようですね。その時の診断書はいまだに持っていますが『DOG BITE』と書かれていました」

「日本では犬に嚙まれた時には縫合をしないのが普通なんだが、カリフォルニアは案外ルーズなんだね」

「その代わり、麻酔はしませんでした」

「嚙まれた時より痛かったんじゃなかったのかな？」

黒瀬は笑いをこらえるように訊ねた。

「日本では縫合と言いますが、英語では『stitch』ですからね。まるで手芸でもされているような感じでした。しかも処置するのは看護師ですからね。それも上手だったらいいんですが、帰国後に医師にやり直しされて、踏んだり蹴ったりだったんですよ」

「それは運が悪かった……としか言いようがないね。その時、飲み薬もあったでしょう？」

「日本でいう抗生物質と痛み止めだったのだろうと思いますが、これが強くて、帰国の飛行機内では十五分に一度はトイレに行っていました」

「そうだろうね。アメリカの国民用の薬は先ほどのバイアグラと一緒で、アメリカ人、主に白人向けに作られているんだよね。それを『大人』扱いで日本人が服用すると薬効が強すぎる……というよりも体質的に合わない場合があるんだよ」

「体質……ですか？」

「薬の効力を薬効と言うが、これの効果に人種間差が起こる要因には体形、食生活、気候、遺伝的な形質などが考えられている。しかし、最も大きな要因として挙げられるのは薬物を代謝する酵素の違いなんだよ」

「酵素……ですか……生海苔は特定の腸内細菌のある日本人しか消化できない……というようなものですか？」

「よく知っているね。生の海苔には、ポルフィラン多糖という物質で非常に固い細胞壁が作られていて、日本人の腸内にのみ、この海苔の細胞壁を分解する酵素を生み出す微生物が存在するようだね。これはフランスの微生物学研究チームが発表している。日本人が伝統的に海苔を食料としてきた結果、海苔を分解する海洋性のバクテリアを遺伝的に体内に取り込むようになったのだろうね」

「するとバイアグラを飲んでいる日本の中高年は危険も伴っている……ということなのでしょうか？」

「命がけ……と考えていいだろうね。ただし、あの薬には容量の大小があるようだから、最大容量のものは日本人には負担が大きいと考えた方がいいと思うよ」

「人種間で薬効に差があるということと、白人攻撃兵器とのつながりは、どういうことなのですか？」

「人種とは、現生人類を骨格・皮膚・毛髪などの形質的特徴によって区分したものだ。コーカソイド・ネグロイド・モンゴロイド・オーストラロイドの四大人種という言い方が有力で、肌の色からすれば黒色人種、白色人種、黄色人種、赤色人種、褐色人種の五種に分類される」

「四分類と五分類があるわけですね」

「近年は分子人類学の発展により、ミトコンドリアDNAハプログループ、Y染色体ハプログループといった遺伝子指標をもって、新たな視点から、従来の形質人類学的な人種の形成史が科学的に解明されつつあるんだよ」

「そういう時代になっているのですね」

「薬物代謝には遺伝的要因が大きく関与していることが明らかになったんだ」

「薬物代謝……」

「例えば、アルコール代謝酵素が活発に働く外国人の方がアルコールに強いといわれているけど、中には外国人よりも強い廣瀬ちゃんのような日本人もいるわけだよね」

「黒瀬さんとの初対面では午後五時から午前六時まで十三時間飲んでいましたからね」

「意気投合ということもあっただろうが、あの時は話が面白くて酔うのを忘れた……という背景はあったとしても、ただの若さだけではないアルコール代謝能力がお互いの体内にあった……ということだよ。これは医者に聞くと『親に感謝するしかない』ということだった。やはり遺伝的要因が大きいんだね」

「そうか……アルコール代謝酵素を薬に置き換えればいいわけですね」

「そう。薬を開発するように、酵素もバクテリアも、そしてウイルスを創ることもできると考えられているんだ」

「黄色人種には効きにくいが白人には有効なウイルス……ということですね」

「それこそが今回の新型コロナウイルスであり、それがＳＡＲＳの時のように漏れ出してしまった……と考えるのが適当ではないかと思うね。ただ、白人に有効といっても、アメリカは人種が混ざりすぎていることもあって白人以外の死者も多いが、中南米の感染率が高いのは、スペイン・ポルトガルの血が多く流れているからだろう」

「すると、この新型コロナウイルスはアジアではなく欧米に拡散する可能性がある……ということでしょうか？」

「今年の春節は一月二十四日の大晦日《おおみそか》の金曜から一月三十日木曜までの七連休で、後に三日間延長された。一月二十三日、中国当局は突然、武漢市封鎖の指示を出したんだけど、ロックダウンの可能性は中国共産党員には内々で伝えられており、二十四日の大晦日前にはすでに百五十万人の武漢市民が街を離れていた。さらにロックダウン後も数十万の市民が抜け出して海外に飛び出していたんだ」

　これを聞いた廣瀬は一度腕組みをし、二、三度首をかしげて、何やら考えていたが、不意に笑い出して言った。

「相変わらず中国共産党員のやることは姑息《こそく》ですね。当然、中国人の春節時の渡航先第一の日本にも相当数がお買物に来ている……ということですね」

「そうだね。相当ウイルスをまき散らして帰ったと見た方がいいだろうね」

「欧米はどうなのですか？」

「中国の大手オンライン旅行会社Trip.comの統計によると、長距離の海外旅行先では、オーストラリアが人気トップだったそうだ。オーストラリアは南半球にあるから、中国では冬にあたる春節時期は夏になるため、暖かい春節が楽しめるとして人気があるようだな。そしてアメリカ、イタリア、ニュージーランド、イギリス、スペイン、ロシア、フランスの順で総勢六百万人以上の中国人が海外渡航しているようだ」

「アメリカもやられる……ということですか？」

「アメリカの医療は格差が激しいからな。病院に一度も行ったことがない人も多いんだ。イタリアの医療は崩壊している。イギリス、スペインも大変な状況になるかもしれないな」

「なんとなく想像がつきます。僕も住吉理事長と早急に対策を考える必要があります」

「全国の病院に感染症対策の手本を見せてやってくれよ。日本政府は、おそらく手の施しようがない後進国のような感じだろうからな」

「感染症対策は日本医療で最も遅れた分野だそうですからね」

「そうそう。今年の東京オリンピックはなくなると考えた方がいいよ」

「そんなに長引きますか？」

「日本だけの話ではないからね」

「世界的なパンデミックになれば、オリンピックどころじゃないでしょうね」

「東京オリンピックそのものが幻の大会として歴史に名を遺すことになるかもしれない……それぐらいの覚悟が必要だと思うよ」

黒瀬の言葉には重い響きがあった。廣瀬の中にもその可能性が何となく高まるような予感があった。

「廣瀬先生、実は防衛省副大臣から内々に依頼がありまして、横浜港に入ったクルーズ船の乗員乗客に対する感染対応措置に川崎殿町病院の判田先生のご協力を頂けないだろうか……ということなんです」

医療法人社団敬徳会の本院、赤坂病院にある理事長室で住吉理事長が申し訳なさそうに廣瀬に言った。

「防衛省もよく調べていますね」

「日本の事実上トップの感染症専門医と言えば判田先生であることを防衛省は知っていたのですね」

「さすが……としか言いようがないのですが、自衛隊中央病院のメンバーと一緒なのですか」

「そうなります。学者ばかりの名目上感染症専門医では対応が難しいと判断したようなんです」

「なるほど……ご本人に相談しなければなりませんが、今回の新型コロナウイルスの本質を知る上でも重要な機会であることは確かですね」

「できれば説得していただきたいのです。防衛省もスタッフを投入し装備品等を準備するに当たって、ご意見を賜《たまわ》りたい……と、極めて低姿勢なんですよ」

「わかりました。早急に連絡を取りたいと思います。もし仮に、判田先生がお受けになった時、僕も一緒に船内に入ることができるものかどうか……防衛省に確認していただけるとありがたいのですが……」

廣瀬の言葉に住吉理事長が驚いたように訊ねた。

「廣瀬先生も乗船されるのですか？」

「僕も感染症治療に関しては学問的なことしか知りません。何をどうしたらいいのか、自分の目で見て判断したいと思います」

「しかし、今回の新型コロナウイルスは、まだどれくらいの強さがあるものなのか全くわからないのですよ」

「それも承知の上です。しかし、大事な医師を投入する時に経営サイドが実情を知っておかなければならないと思うのです。防衛省の担当者が入るのなら万全の態勢で臨むと思うのです」

廣瀬の姿勢に感動したかのように住吉理事長が言った。

「やはり廣瀬先生は危機管理のプロフェッショナルですね。判田先生のご協力を得ることができるようならば、廣瀬先生のご意志に沿えるように交渉いたします」

廣瀬は判田が引き受けてくれる確信はなかったが、成田総合病院の開業に合わせて採用した当時のことを思い出しながら、判田のような逸材が海外に流出してしまうことを何とか食い止めたかった自分の考えが間違っていなかったことを内心喜んでいた。

川崎殿町病院に戻ると廣瀬は感染症外来の医局を訪ねた。

感染制御部の外来部門である感染症外来では、呼吸器感染症、ＨＩＶ感染症をはじめとする各種感染症の診断・治療、各種ワクチンの接種などの医療を提供することで、感染症のコントロールを目指していた。その中でも、ヒブ感染症（ヘモフィルス・インフルエンザ菌b型感染症：Haemophilus influenza type b）は、小さな子どもがかかる重大で命にかかわる病気だが、ワクチン（予防接種）で防げる病気であるVPD（Vaccine Preventable Diseases）である。世界中に数多くある感染症の中、ワクチンで防げる病気はわずかしかなく、完全に防ぐことができるのは唯一天然痘《てんねんとう》だけである。

「おや、廣瀬先生、こんなところに珍しいですね」

廣瀬の姿を認めた判田医長が声をかけた。

「実は防衛省からの要請で横浜港に入港している大型クルーズ船の乗員、乗客に対する新型コロナウイルス対策に協力していただきたいのです」

「防衛省からのご指名ですか？」

「副大臣が理事長に直接、先生の名前を出して要請をしたようです」

「防衛省は化学兵器対策のトレーニングをしていますからね。また、一月三十日からすでに武漢からの帰国チャーター便の新型コロナウイルス有症状搭乗者対応をやっていたようですから、感染症対応は万全でしょうが……今度は、船内に入り込むわけですよね」

「そうなります。飛行機から降りてきた客を調べるのとは全く違う環境になると思います。僕も前の仕事の時に化学兵器対策のトレーニングはやらされました。過去にオウム事件の際の地下鉄サリン事件捜査で多くの先輩方が被害を被《こうむ》った影響からです」

「なるほど、大都市で起きた世界最初の化学兵器テロでしたからね。防衛省の感染症対策を学んでおくのも今後の危機管理上重要なことだと思います。わかりました。お受けいたしましょう」

「今、判田先生がおっしゃったように危機管理の一環として、僕も一緒に大型クルーズ船に乗り込んでみようと思っています。これは自衛隊中央病院が新型コロナウイルスでもまさに『防衛の要《かなめ》』になると思うからです。自衛隊が見せてくれるであろう感染対処策は、化学兵器だけでなく、今後、悪しき国家が狙っている生物兵器テロの抑止力にもなることだと考えています」

「悪しき国家……ですか……。まさに今回の新型コロナウイルスの感染拡大そのもののような気がします」

話が決まると廣瀬は住吉理事長に速報した。

「さすがに装備の装着は慣れたものですね」

判田医師が廣瀬の防護服姿を見て言った。

「警察時代に何度も訓練はさせられましたが、まさか生きている間に実際に装着するとは思いませんでしたけどね」

「戦争じゃなくてよかったです」

「いや、ある意味でこれは戦争かもしれません」

「そうは思いたくないですが。何とか終結の糸口を見つけたいものです」

「一病院の危機管理担当の仕事ではないような気がしてきました」

「スタートはこれからです」

廣瀬が判田医師と共に大型クルーズ船に乗り込んだのは二月五日、午前七時だった。大型クルーズ船では二月三日から四日にかけて船内で横浜検疫所の検疫官による健康診断が行われ、船内の有症状者と濃厚接触者から新型コロナウイルス検査に必要な検体が採取された。検疫官とは空港、港湾に設置されている検疫所に勤務し、検疫法に基づいて検疫業務等を担当する厚生労働省所属の職員の官職名である。医師の判断で、検疫法第二条各号に規定する検疫感染症を疑い検査を実施し、検疫感染症に感染している患者を発見した場合は、必要に応じて隔離、停留、消毒（検疫法第十四条）等の防疫措置を行う。

客船はビルで言えば十八階建てに相当した。通常は使用しない三階部分から船内に入った。

最初に向かった医務室は四階部分にあった。医務室で検疫官から船内において十人の感染者が確認された旨の報告を受けて、五階の「プラザ」と呼ばれるメインダイニングやアートギャラリーがある客室部分に入った。多くの乗客が何事もないように行き来している。廣瀬は驚いて判田医師に訊ねた。

「判田先生、何の隔離対策も行われていないみたいですね」

「現場の意識はこんなものなのでしょう。大変なクラスターが発生することになると思いますよ」

さらに医療チームは船内の観察を始めた。

「船内で安全な場所とそうでない場所の区別もできていないのか……」

「感染対策という意識が全くないと言っていいでしょうね」

廣瀬は船内の状況を、船内地図を頼りにチェックしながら細かにスマホで動画の撮影を行った。

同日、船内において確認された十人の感染者は、日本の感染症の予防及び感染症の患者に対する医療に関する法律に基づき、神奈川県内の医療機関に全員搬送された。

「明日以降感染者は自衛隊中央病院に移送されることになると思います」

「うちも準備しておく必要がありますね」

夕方、廣瀬は大型クルーズ船を離れた。判田医師は自衛隊中央病院の感染症担当医と協議に入った。

川崎殿町病院に戻った廣瀬は次々に指示を出した。

第一章　派閥争い

廣瀬のデスクから住吉幸之助に電話を入れると、この日も赤坂の本院に在席していた。廣瀬は東京駅からタクシーで外堀通《そとぼりどお》り、青山通《あおやまどお》りを経由して本院がある港区赤坂《みなと》七丁目に向かった。在日カナダ大使館の裏手にある本院二十階にある理事長室からは在日カナダ大使館の屋根と青山通り越しに赤坂御所の緑を綺麗に眺めることができる。赤坂御所は、かつては東宮《とうぐう》御所と呼ばれていたが、現在の皇室には皇太子が存在しないため、皇太子の別称である「東宮」の名を使った「東宮御所」は存在しない。

廣瀬が理事長室に入るなり住吉理事長はデスクを離れて応接セットに向かいながら切り出した。

「新型コロナウイルスの関係ですか？」

「横浜港に入港した感染者が発生している大型クルーズ船内をつぶさに観察してきたことを反映して、川崎殿町病院として今後の対応を考えなければなりません」

「船内の状況はいかがでしたか？」

「感染対策という意識が全くない状況でした」

「素人の世界ではどうしようもないのが実情でしょう。新型コロナウイルスは日本国内でも流行するでしょうね」

「日本でパンデミックにならなければいいのですが、既に春節で多くの中国人が来日してしまっています。ある程度の感染拡大は考えておく必要があると思います」

「うちの病院がどれくらい受け入れをすることになるか……ですね。成田と羽田が直近にあるのだから、ある程度は覚悟しなければならないだろうが……最終的には医療の経営崩壊にならないように気を付けなければならないと思います」

「たしかに単なる医療崩壊のことだけではなく、経営崩壊も考えておかなければなりませんね。成田は救命救急センターを併設していますから、出来る限り受け入れは避けたいところです」

「そうですね。日本では日清戦争以降、感染症というものを経験したことがありませんからね。敷地的には川崎殿町病院の方が発熱外来を準備するスペースがありますが、そうなると受け入れ口がＶＩＰ病棟側になるのが気になりますね」

「第三駐車場ではなく、第二ヘリポート予定地に発熱外来を設置して、第二病棟の非常口を開放すればVIP病棟への動線を防ぐことができます。第三駐車場との間には簡易の柵を設ければいいかと思います」

「なるほど……そういう手があるか。そうなると第二ヘリポート予定地をそのまま活用できるわけですね。実際に、どれくらいの感染者が来るかですが……」

「厚生労働省幹部の話では今回の新型コロナウイルスは黄色人種がかかりにくい可能性が高いということです」

廣瀬が言うと住吉理事長が反応した。

「それは確かですか？」

「ウイルスの全ゲノム配列を確認した結果と言っていました」

「それは重大な情報ですね。そうなればこの新型コロナウイルスは人工的に造られたものという可能性もありますね……」

「そのように言っていました。ただし、まだ未完成のものだと……」

「SARSの時とは違う……ということか……。その話、他言無用で頼みます。ただし、うちの判田医長と畑瀬医師の二人にだけは早急に伝えておいて下さい。彼らは感染症専門医の中では国内で一、二の存在です。そこらの学者とは違いますから」

「承知しました」

「発熱外来の設置に関しても二人の意見を参考にして動いて下さい。廣瀬先生がいてくれて本当に助かります」

廣瀬は直ちに川崎殿町病院に戻ると、判田医長と畑瀬医師を訪ねて事案の概要を伝えた。判田医長は話を聞くとすぐにどこかへ電話を入れていた。

廣瀬がデスクに戻ると、病院の看護部門のリーダーとして、医師を含む病院の全職員に対する危機管理担当責任者に廣瀬が抜擢した持田奈央子《もちだなおこ》が自室の前で待っていた。

「持田さん、どうされました?」

「廣瀬先生にご相談があって参りました」

廣瀬は持田にしては珍しく緊張した面持ちなのが気になった。自室に入れるとドアを開けたままにしておくよう言ったが、持田はドアを閉めた。応接テーブルを挟んで座ると廣瀬が訊ねた。

「何かありましたか?」

「病院内の女性職員間で派閥抗争のようなことが起き始めているのです」

「女性職員……と言っても、当院の職員の九〇パーセントが女性ですからね。それに職域も多種にわたっています」

「大きく言えば一般職員と看護系職員、さらには看護職員内では病棟と外来にそれぞれのリーダーのような存在ができていて、三《み》つ巴《どもえ》の対立関係にあるようなのです」

「まあ、どこの病院でもそういうことは起こりやすいのですが、給与ベースが異なる点にあるとは思えませんが……まず順序立てて説明していただけませんか？」

「申し訳ありません。それは朝一番に退院された消化器内科の七十代の女性患者さんが、ご親族と一緒に会計の窓口で病棟の看護師の対応に対する苦情を言ったことに端を発しているんです」

「なるほど。そこに個人名は出てきたのですね」

「第三病棟の樋口江梨子《ひぐちえりこ》看護主任の名前でした」

「樋口さんね……生真面目タイプの方ですね」

廣瀬は即座に答えた。

「はい、普段はおとなしく、看護師間での問題は起こしたことがないのですが、時々、患者さんには厳しく注意することがあったようです」

「なるほど……うちにもモンスターペイシェントはいますからね」

「今日退院された方は、ご本人が直接樋口さんから咎《とが》められたわけではなかったようなんですが、樋口さんの患者さんに対する叱責を聞くのが嫌だったようです」

「なるほど……間接的な苦痛を受けた……ということですね」

「まさにそのとおりです。そうしたら、会計担当の職員が一旦詫びた後で、医事課の竹林《たけばやし》課長を呼んだようなんです」

「事実確認をする前にお詫びしてしまったのですね？」

「穏便に済ませたかったのかもしれません。ただ、患者さんがその場だけでは収まらない様子だったので竹林課長を呼んだようです」

「竹林さんなら大丈夫だったでしょう」

「竹林課長は、その患者さんを別室に呼んで話を聞こうと思ったようなんですが、そこに消化器内科の別の看護師がやってきたそうなんです。何でも、その患者さんと個人的に面識があったようで」

「現場がややこしくなってきたのですね」

「すると、その患者さんが知り合いの看護師に対して、まるで自分が直接被害を受けたかのように大声になって樋口主任の名前を何度も言い始めたようなんです。ちょうどその時になって、たまたま私が現場を通りかかったので、まず患者さんを冷静にさせるために第一応接室に消化器内科の看護師を同行して案内したのです」

「適切な処置でしたね。竹林課長も一緒だったのでしょう？」

「いえ、その時、外来院内刑事の牛島《うしじま》さんが駆けつけてきたので、竹林課長は牛島さんにまかせたようでした。竹林課長は県の福祉衛生局から呼ばれていたようなんです」

「なるほど」

「第一応接室で私が患者さんにお茶を出すと、患者さんもやや興奮が収まったのか、その知り合いの看護師、消化器内科の北村《きたむら》さんにまた一から苦情を訴え始めました。ところが、この時の説明では被害者が既に自分に変わっていたのです」

「北村看護師か……」

廣瀬が北村看護師のことを思い起こし、一旦言葉を切った後、質問を続けた。

「会計窓口の職員は第一応接室には入っていませんよね」

「はい、その被害者の言動の違いは同行された親族の方が気付かれて『おばあちゃん。樋口看護師さんから叱られたのはおばあちゃんじゃなくて、他の方だったでしょう』と言われたので、私もそこで概要を理解したのです」

「親族がしっかりしていてよかったですね。その後は？」

「すると、北村看護師が親族の言葉をさえぎって、患者さんに話をするように言ったのです」

「北村さんも最初から現場にいたわけじゃなかったわけですね」

「そうなんです」

「牛島さんはどうしていたのですか？」

「牛島さんは一旦席を外してすぐに会計担当の事務職員に最初の話を聞きに行き、親族の方が言うとおりであることを確認して戻って来られて、穏やかに北村看護師を制してから患者さんの前に座って話を始めました」

「目線を患者さんより下げたのですね」

「はい。さすがだと思いました」

「すると患者さんは首を傾げながら『そうだったかしら……』という話になったのです。すると北村看護師が口を挟むような格好で『病棟の看護師が迷惑をおかけして申し訳ありません』と言ってしまったのです」

「なるほどね……ところで会計担当の職員は患者さんに何と言って詫びたのか聞いていますか？」

「はい、やはり『病棟の看護師が……』という言い方だったようです。日頃から外来と会計はフロアこそ一階と二階ですが、接点が多いのは事実ですから……」

「なるほど……そういう人間関係はあるでしょうね」

　廣瀬は思わず腕組みをしていた。

「やはり病院の現場は女性社会ですから、様々な背景が折り重なっている部分が多いと思います」

「そうでしょうね。僕はこれまで男社会で生きてきたので、女性同志の複雑な関係性に直接触れて来なかったのは事実です」

「確かに警察社会はそうでしょうね。時々、院内刑事の前澤《まえざわ》さんたちと女子会をしていますが、以前の彼女の職場、神奈川県警でも女性警察官の中でもいろいろ問題があったと聞いています」

「前澤さんでも、そのような認識があったのですから、現場はかなり大変だったのかもしれませんね」

「前澤さんは優秀な方ですものね」

「確かに彼女は人格的にも優れていると思います。あのような人材を放出しなければならなかった神奈川県警の幹部も嘆《なげ》いていましたから」

「そういえば、先日前澤さんが看護師の労働組合の話をされていたのですが、当院の労働組合の他に、職域の労働組合に加入されている方も何人かいらっしゃることをご存じなかったようです」

「労働運動は当院内での政治活動を伴わなければ許されていますから、職域の労組に加入するのは黙認しています。外部との情報交換もまたいいものじゃないですか」

「先ほどの北村さんも職域の労働組合に加入しているんですが、勧誘活動に一所懸命のようで、ちょっと問題になっているようなんです」

「北村さんはあまりお友達がいないんですか？」

「そうですね……同じセクションの同僚との飲み会には参加しないようですね。そうかといって仲間外れにされるようなことはないようですけど」

「彼女は確か三年目ですよね。国立病院の消化器内科を経験していたと記憶しています」

「そんなことまで記憶されているのですか？」

持田奈央子が驚いた顔つきで訊ねたのに対して、廣瀬は表情を変えずに穏やかに答えた。

「それが仕事ですから。それよりも外来はチームワークが重要だと思いますが、その点で問題はないですか？」

「私が確認した範囲では消化器内科ではありません」

「他ではあるのですか？」

「やはり脳神経外科と循環器外科では患者さんが多いため、コンピューターを導入していてもオペ室との連絡や調整は大変なようです」

川崎殿町病院の二大診療科目が脳神経外科と循環器外科であり、それぞれ専用のオペ室を持っていた。

「その分野ではオペ室担当よりも詳しい人がいるでしょうからね」

「はい。ただし、循環器に関しては産科の栗田《くりた》茉莉子《まりこ》助産師のほうが移植手術のプロという評判が高いので、栗田さんに頼ることも多いようです」

「栗田さんか……ピッツバーグ大学で百件を超える移植手術に携わっている人ですからね。循環器外科の医長も欲しがっている人材なんですが、本人が助産師に生きがいを見つけていますから仕方ないですね」

「何でもできる人が本当にいるものだと、常々彼女を見て思います。そういえば、今、産科もいろいろ大変なようですね。栗田さんが大車輪の活躍をされていらっしゃるとか」

「耳に入っていないですね。なにか起こっているのですか？」

「先日、三五〇グラムの赤ちゃんが生まれたことをご存じではないのですか？」

持田が唖然《あぜん》とした顔つきで訊ねた。

「三五〇グラムではなくて、三五〇グラム……ですか？」

「はい。うちのワンちゃんの赤ちゃんよりも小さい赤ちゃんだったんですよ」

「そういう赤ちゃんは育つものなんですか？」

「新生児科のＮＩＣＵ（Neonatal Intensive Care Unit：新生児集中治療室）で順調に育っているそうです」

「その分娩に栗田さんが立ち会ったのですね？」

「その前後が大変だったようです。ドクターは何もできなかったようですから……」

「いかんな……僕も今回は新型コロナウイルス問題に没頭し過ぎていた」

廣瀬の言葉に持田が驚いたように強い反応を示した。

「新型コロナウイルス感染者を当院で受け入れるのですか？」

「最悪の場合を想定しています」

「その時はどうされるおつもりですか？」

「第二病棟脇の空き地にエアドーム式の発熱外来を設置する予定です」

「怖いなあ……廣瀬先生は実際の感染症治療を見たことがありますか？」

「いえ、全くありません。インターネット情報だけです」

「おそらく、うちの病院では感染症専門医のお二人と栗田さんと私くらいしか経験者はいないと思います」

「判田医長と畑瀬医師はその世界では著名な方のようですね」

「国内では間違いなく一、二だと思います。栗田さんと私はエボラ出血熱の治療に実際に当たっています。栗田さんって、本当に凄い人なんですよ。彼女の東大大学院時代の英語論文を読んだんですけど、担当教授も驚愕した……と、伝説になっていますから」

「まあ、評判どおりで僕も助かっていますよ。リクルートの力にもなってもらっていたのだけど、余計に仕事を増やしてしまったようだな……」

廣瀬が右手を顎の下に置いて、首を傾げ、頭を抱えるような仕草を見せた。

「今の産科は明らかにオーバーフロー状態だと思います。おまけに救急外来での産科は受けない約束だったのに、救急隊も次々に運んでくるんです」

「そうでしたか……県と市にも申し入れしておきましょう。うちは県立病院でも市立病院でもないんですからね」

「川崎市だけでなく、最近は横浜市からの移送も多いんです。横浜市立病院の引っ越しがあるから……という理由だそうですけど、国立病院だってあるわけで、救急隊の方は『困った時の殿町頼み』と平気で言っているんですよ」

廣瀬はデスクに戻ってパソコンの画面を切り替えると「うーん」と唸って言った。

「これじゃあ、まるで産科専門病院のようですね。産科のICUに五人も入っているのですか……」

「新生児が現在八十五人です。ICUに入っているのは全てお母さんで、赤ちゃんは新生児室の特別保育器だけで十二人です。市立病院よりもはるかに多いですよ」

「そうですね……至急、救急隊に申し入れしておきましょう。それから、院内の人間関係ですけれど、できる限り早急に実態把握をしておきたいと思います。補助者が必要でしたら、何人かピックアップして下さい」

「はい。病棟は前澤さんと私でほぼ対処できるかと思いますが、外来は主任クラスを三人ほどピックアップしたいと思います。また、女医さんや薬剤師、一般職員、保育士、調理師に関しては医事課でチェックしていただけるとありがたいです。何と言っても、女性職員だけで総勢千七百人を超えているのですから」

廣瀬は竹林医事課長に直ちに指示を出した。

廣瀬もまた自ら人事記録の再チェックを行った。川崎殿町病院の職員数は二千人を超えていた。

「覚えたつもりだったが、保育士と理学療法士の増員分を把握していなかったな……」

呟《つぶや》くように言うと、廣瀬は人事データに目を通して、院内を順序どおりに回り始めた。

「全員に会うのに一週間はかかるな」

警察時代は二百人の部下を一日で覚えたものだったが、退職から約五年が経つと、記憶力にも違いが出てくるのを自覚するしかなかった。

翌朝、廣瀬が第一病棟を回っていると病棟担当の院内刑事、前澤真美子《まみこ》とバッタリ出くわした。

「廣瀬先生、お久しぶりです。最近はあまり病院内にいらっしゃらないのですか？」

「そうでもないんですが、新型コロナウイルス問題があって、その対応もやっているところなんです」

「うちの病院でも感染者を受け入れる予定があるのですか？」

「感染状況にもよるけれど、準備しておく必要はあるでしょうね。隔離設備があることは厚生労働省も把握しているし、何と言っても感染症専門医が二人いるわけですからね」

「有名な先生だそうですね。持田さんからうかがいました」

「持田さんと言えば、院内の女性職員の件も聞いているよね」

「はい。前々から持田さんは病棟内の看護師とヘルパーさんの人脈図のようなものを話していらっしゃいましたから、私も気に留めながら観察していました」

「前々からあったんだ……」

「女性社会は案外、男性以上に派閥ができやすいかもしれませんよ。県警の時も、本部の少ない女性警察官でさえ、幾つものグループがありましたから」

「そうなんだ……それで、前澤さん、何か気になる点はありますか？」

「はい。病棟の看護師の中に院外の職域労働組合に入っている人が数十人いるのですが、その人たちが陰でいろいろ動いているようです」

「それはハム関係の職域労組？」

「はい」

「なるほどな。いてもおかしくはないんだけど、そんなに多かったか……」

廣瀬はあってても決しておかしくはない状況を思い描きながら言った。廣瀬が神奈川県警の公安で勤務経験がある前澤に言った「ハム関係」というのは、公安の「公」の文字を二つに分けて「ハム」と呼ぶ警察内隠語で、公安の監視対象組織の一つである極左系や革命政党につながる労働組合関係者を意味していた。

「組合の組織拡大の目的が、結果的に良好な人間関係の分断となっているような気がするんです」

「すると組織的にうちの病院が狙われている可能性があるな……」

「どういう形でターゲットにしているのかわかりませんが、成田の病院が関わっているのではないかと思います」

「成田か……極左系にとっては本土最後の抗争拠点ですからね」

「本土……権力闘争の拠点が沖縄に移ってしまった……ということですか？」

「そうです。本土という表現は好きではないんだけど、小笠原《おがさわら》や沖縄の人たち自らがそういう表現をしてしまいますからね。その本土に住んでいる一般の日本国民にとって、極左はすでに過去の遺物で、革命政党に関しては『必要悪』という見方が強いですからね」

「必要悪……ですか？」

「世界の歴史や趨勢を見ても、本気で社会主義が素晴らしい……と思う人はまずいな

いでしょう？　最近の中国や北朝鮮を見て、憧れる日本人はまずいないと思います
よ」
「それでも支持する人がいるのはなぜなんでしょう？」
「政権政党や与党がだらしないだけでなく、野党に全く魅力を感じない人たちの受け
皿になっているからでしょうね」
「そうなると、革命政党がなくなることはないのでしょうか？」
「immortalでしょうね」
「不滅……ですか……懐かしい英単語です」
「それよりも個人の思想信条は憲法で認められた権利ではあるけれど、それが組織運
営に悪影響を及ぼすとなれば、ある程度は排除していかなければならないが……」
「ある程度……ですか？」
前澤が驚いた顔つきで訊ねた。これに対して廣瀬が笑顔を見せて説明した。
「極左ならば完璧に排除しなければならないけれど、革命政党ならば雑魚《ざこ》だけ排除し
ていい。ヤクザもんだってチンピラは排除するに限りますが、少しでも幹部に近い存
在になれば、組織というものを理解しようとする姿勢がある。公安の世界でもタマを
絞り込むときにペーペーは獲得の対象にしないでしょう？」

「私は協力者の運営をしたことがないので、なんとも言えませんが、協力者の選定に関して、対象組織内での累進《るいしん》育成可能性を考えることが重要であることは学んでいます」

「そう。つまり、ある程度の能力ある者は獲得の価値があるので手元に置いてもいいけれど、そうでないものは不要ということなんですね。この病院内に入り込んだ者や、ここで敵に獲得された者もいるだろうけれど、頭数だけでは何の力にもなれないですからね」

「そうすると、院内に潜んでいる対象の幹部を突き止める必要がありますね」

「そう。それが本件に関する当面の最重要課題ですね。前澤さんが警察出身ということで、敵も気安く近づいては来ないでしょうけれど、前澤さんの評価が上がれば、上がるだけ、敵も何らかの動きを見せてくるはずですよ」

「わかりました。注意しておきます」

「僕もそういう意識をもって院内を回ってみますけどね」

廣瀬は再び院内の巡回を始めた。どこの看護師ステーションや事務所に行っても廣瀬は歓迎されていた。川崎殿町病院の初代院内刑事として、さらには理事長の片腕的存在として病院内の様々な改善を行ってきた廣瀬の手腕は末端にまで知れ渡っていたからだった。

廣瀬が院内託児所に顔を出した時、幼稚園教諭と保育士の両方の資格を持った吉永《よしなが》江里子《えりこ》主任が声をかけてきた。

「廣瀬先生、お疲れ様です」

「なかなか顔出しできずに申し訳ありません」

「新型コロナウイルス問題の対策をされていらっしゃると託児所長から伺《うかが》いました。この病院でも患者さんの受け入れをされるのですか？」

「横浜市、川崎市、神奈川県が対応できなくなった場合には、その可能性は否定しませんが、率先して手を挙げるようなことはしないつもりです」

「ああよかった。今、この施設には七十五人の乳幼児を抱えていますが、親御さんが『川崎殿町病院は設備が整っているので、もしかしたら新型コロナウイルスの感染者を受け入れるのでは……』という心配をされているんです」

「親御さんは、この病院だけでなく、地域の一流企業の社員さんも多いから、情報も早いのでしょうね」

「新型コロナウイルスというのは、そんなに大変な病気になるのですか？」

「なんとも言えませんが、今まで経験をしたことがない病気ですから、十分な情報を集める必要があります」

「わかりました。ところで、最近、病院職員だけでなく、外部の親御さんからも話を聞いたのですが、うちの病院は富裕層の方ばかりを受け入れて、貧しい人を排除しているという噂があるそうで。そんなことはないですよね？」

「貧しい人を受け入れないのなら、救急外来なんて置きませんよ。ただし、吉永さんもご存じのとおり、この病院の施設、設備は国内でも最上級ですし、医師を含めたスタッフの能力も他の追随を許さない医療法人です。したがって、日本中からここの病院で治療を受けたい方が順番を待っていることも事実です」

「そうですよね」

「しかも、当院のＩＣＵを除く病室の九割が個室で、差額ベッド料金も、確かによその病院よりは高いことは事実です。ですから、一部の人はそういう思いをされているのかもしれませんね。医療は仁術《じんじゅつ》ではありますが、百パーセント慈善事業ではありません。ある程度の利益を生み、資産としての内部留保もなければ職員を守ることもできませんからね」

「そうですね。福利厚生を考えても、この病院以上の環境は見当たりませんものね」

「駅からちょっと遠いのがネックですが、それでも公共交通機関が発達しているのと、高速道路の出入口に隣接していて、幹線道路からも離れていない立地で、これだけの広さの土地はなかなか他では確保できないと思います。おまけに、現在は第二へリポートを準備している最中ですからね」

「ここに勤務していることへのやっかみなのかもしれませんね」

「どんな分野の求人を出しても、大変な競争率になることは事実です。職員の皆さんが胸を張ることができる職場を目指すのも、経営に携わる者の一人としては最大の目標の一つです」

「ありがとうございます」

「ところで吉永さん、外部の方が言うのはわかりますが、残念なことに院内でもそう感じている職員の方がいるんですね。ちなみに、どなたですか？」

廣瀬がやんわりと聞くと、吉永主任がやや首を傾げながら困り顔で答えた。

「ご本人には伝えないでくださいね」

「もちろんです。経営陣の落ち度もあるかもしれませんから」

「そういうことはないと思うんですが、実は第一病棟の辻本《つじもと》さんがおっしゃっていたのでびっくりしたんです」

「辻本直美《なおみ》さんですか……」

　廣瀬は辻本直美の勝気な顔を思い出していた。

「辻本さんもお子さんをここに預けていらっしゃるんですが、お子さんが託児室の環境になじめないというか、ちょっと問題を抱えているんです」

「問題というと？」

「他のお子さんに、すぐに暴力をふるうんです」

「そのことは辻本さんには伝えているのですね？」

「はい。ですが患者さんに対する対応とは違って、自分の子ども第一なんです」

「託児室には防犯カメラがいくつもあるでしょう？　動画を見せていないのですか？」

「その判断に迷っているところです。なんだか監視してるようですから」

「託児室のカメラは監視カメラの機能も兼ねている……と考えた方がいいですよ。いくら子ども同士のトラブルであったとしても、もし、他のお子さんが怪我をするようなことになれば、重大な問題になりますし、託児所だけでなく医療法人社団敬徳会全体の問題になります。至急、所長に相談して僕の所に連絡をして下さい」

「わかりました。それから、辻本さんが病院内に子ども食堂を作る運動をしたいとおっしゃっているんです」

「子ども食堂……ですか？　この辺りには住宅地はほとんどありませんし、子どもの数も少ないと思うんですが……」

「病院の食堂のあまりものが大量に廃棄されているそうなんです。それを有効活用したい……ということでした」

「医事課や総務課には何の相談も来ていませんね」

「そういう運動は草の根活動とかいうのが必要だということなんです。ある程度の署名が集まった段階で直談判《じかだんぱん》したい……ということでした」

「提案ではなく、直談判ですか……」

廣瀬は笑顔を見せて言うと、「わかりました。内々で調べてみます」と答えて託児所を後にした。廣瀬は以前、警視庁公安部の寺山《てらやま》理事官から子ども食堂の一部の実態を聞いて廣瀬なりに調査をしていた。川崎市には市の健康福祉局調べで、母子家庭は約五千五百世帯、そのうち生活保護受給家庭が約千三百世帯あった。これに対して全国規模や地域密着のＮＰＯ法人が子ども食堂だけでなく、これに併設する形での学習環境を整えていた。農林水産省公式サイトによれば、子ども食堂は民間発の自主的、自発的な取り組みから始まっていた。東京都大田《おおた》区にある八百屋の店主が二〇一二年に始めたことがきっかけになっているようだった。その後これに賛同した活動が全国に瞬《またた》く間に広がり、現在は三千七百ヵ所以上になっている。

廣瀬は吉永主任が言った二つの案件に頭を巡らせながら第二病棟に向かった。

連絡通路で廣瀬の姿を見つけた新人看護師の真鍋《まなべ》ゆかりが満面の笑みを見せながら手を振っていた。

「廣瀬先生、お久しぶりです」

「だいぶ慣れてきたかな？」

「もうすぐ一年ですし、いよいよ後輩を迎える時期になってきましたから」

「そうだね。いい指導者になってくれることを期待しているよ。真鍋さんの後輩も三人入るしね」

「病院が運営している看護大学でお世話になりながら、よその病院に就職するのは気が引けたんですけど。今回、入る三人も優秀な子たちなんですよ」

「そのようだね。看護大学の東大と言われている母校も、人材の流出が止まらない様子だね。病院内で何かが起こっているのかい？」

「大学院の優秀な教授が何人か辞めてしまったんです」

「辞めてどのあたりに行ったのか知っている？」

「京都大学に二人、大阪大学に一人です」

「元々は東大系の看護大学だったのに、関西に三人も行ってしまったのか……」

「院長が京大出身だった影響も大きいようです。院長は人格者でしたから」

真鍋が笑顔のまま答えていた。

「院長がいいのに、どうして教授が辞めて行くんだろう？」

「学校長と病院の事務長がダメなんです。現場の言うことに全く耳を貸さない……と評判でしたし、働き方改革の影響で、教授クラスまで当直が回ってくるようになると、やってられないと思いますよ。特に産科は全滅のようです」

「全滅？」

「医師も助産師も出来が悪いので、看護師もどんどん抜けていっているようですよ」

「新人の君が言うんだから、先輩方は余計そう思うんだろうね」

「私、ここには持田さんしか大学の先輩がいなかったんですけど、運がよかったです」

「そうだね。今年は持田さんも現場の仕事が少なくなって、ほとんど病棟の統轄責任者のようになってしまったから、母校のリクルートもできなかったのだろうけど、真鍋さんの存在が優秀な後輩を呼び込んでくれたのだろうね」

「とんでもない。看護大学では医療法人としての敬徳会は有名なんですが、その中でも川崎殿町病院は憧れの存在なんです。だから辞める人も少ないですよね」

「優秀なスタッフに囲まれて本当に助かっているよ。ところで、どこかに行く途中じゃなかったの？」

「はい。薬局に薬を取りに行くところでした。こんなにたくさんの処方箋《しょほうせん》があるんです」

真鍋は手にしていたタブレットPCを廣瀬に示して言った。

「なるほど。この病院は高品質の総合医療管理システムが徹底しているからね」

総合医療管理システムは電子カルテシステムとも呼ばれている。このシステム導入により、業務効率を向上させ、人員管理、業務管理や経費削減等、医療現場の環境改善が為されている。この結果、働く者のモチベーションアップも顕著となっており、病院経営の合理化にも繋がっていた。中でも、川崎殿町病院は「医事会計システム」「電子カルテ」「調剤システム」「看護支援システム」「手術システム」「注射薬剤システム」等の導入により、あらゆる部門の職員に対して物質的、精神的の両面から強力にサポートする力になっていた。

「あとはお薬も自動で運ばれてくるようになればいいんですけどね」

「それも近いうちになると思うよ。病院建設時から搬送システムの準備はできているんだ」

「あのバックヤードにあるリニアモーターカーの線路みたいなものですか？」

「昔の病院で、天井にぶら下がり式のモノレールのような搬送用具があったのを知らないかな？」

「はい、知ってます。私、子どもの頃、あれを追いかけたことがありました。カルテなんかを運んでいたんですよね」

「カルテだけではなくて検体なんかも運んでいたんだけどね。あれの最新版がこの秋には病院内に網の目のようにつながって、大手物流拠点のようなシステムが出来上がるよ。ただし、最後の確認は人の目で、きちんとやらなければならないけどね」

「でも、そうなると逆に運動不足になってしまうかもしれませんね。薬局の皆さんと顔を合わせることも少なくなります……」

「確かにそれはあるだろうけど、そのためにも、毎月やっている、院内食堂での他部門とのコミュニケーション飲み会等を活用することだね」

「この病院の福利厚生は凄いですからね。私も去年の秋に一泊二日の社員旅行に参加しました。面白かったです」

「春の日帰り旅行と秋の一泊旅行だけでなく、この病院では各種観劇、釣り、ゴルフ、ワイン講座から唎酒《ききざけ》の会、運動部まであるからね。様々なつながりを利用することだね」

「でも、院内結婚率は低いんですよね」

真鍋が笑って言うと、廣瀬も笑って答えた。

「男女とも外部との交流が多いようだからね。それも院内の各種コミュニケーショングループが活発に、異業種交流会をセットしている証拠でもあるね」

「廣瀬先生は何のグループに入っていらっしゃるんですか？」

「残念ながら、病院内の仕事の他に、敬徳会の経営者委員会と医療安全推進委員会だけで忙殺されてしまうからね。たまに観能会には顔を出すかな」

「能……ですか？」

真鍋が両肩をピクリと上げて、両手を広げながら舌を出して、おどけてみせた。

「浄瑠璃《じょうるり》なんかも、たまにはいいもんだよ」

「国立劇場って一回も行ったことがないんです」

「いろんなところでやっているよ。能楽堂とかね」

「全く知りません」

声を出して笑いながら真鍋が大きくお辞儀をして小走りに第一病棟に駆けて行ったのを、廣瀬は微笑《ほほえ》みながら見送った。

真鍋が言ったように国公私を問わず大学病院は働き方改革の影響を受け、優秀な人材の流出が止まらない状況だった。中でも、看護大学を運営する病院はその影響が顕著だった。

看護師は、保健師助産師看護師法に基づく国家資格である。日本では、看護師は看護高等学校、看護専門学校、看護短期大学、大学等で合計三千時間以上の養成教育が行われ、卒業すると看護師国家試験の受験資格が得られる。実際には卒業見込みの段階で国家試験を受験できるが、最終的にその年度で卒業できなければ、試験で合格点以上を獲得しても不合格扱いになる。国家試験に合格すると、申請により厚生労働大臣から看護師免許が交付され、看護師としての活動が可能になる。

川崎殿町病院の看護師は総看護師長の下、外来、オペ室、病棟の三部門に分かれ、それぞれの部門に看護師長が責任者になっていた。看護師長の下に二人の副師長、そして看護主任、看護師という序列だった。さらに看護師の中には都道府県知事の免許を受けて資格を得る准看護師とさらに看護学校の実習生も加わっていた。一般的に看護師と准看護師の比率は四対一であるが、川崎殿町病院の場合、准看護師は十人に一人程度で、さらに看護師の中には看護師資格に加えて助産師や保健師の資格を持つ者もいた。

病棟では山崎美佳《やまざきみか》第一病棟担当と、結城邦子《ゆうきくにこ》第二病棟担当の二人の副師長が次の病棟看護師長の座を狙った派閥抗争を繰り広げていた。

「七海《ななみ》さんと福島《ふくしま》さんはどうなっているの？」

「七海さんは順瑠可《じゅんるか》大学ですから、こちらに来てくれると思うのですが、福島さんは日赤《にっせき》系ですから中立のままでいたいようなんです」

「中立なんてないのよ。どちらかについていないと感染症病棟行きよ」

川崎殿町病院開業時からこの病院で勤務している大沢奈美《おおさわなみ》が二年後輩の田中美代子《たなかみよこ》看護師に看護師ステーションの端で派閥拡大の指示を出していた。

「感染症病棟は地獄だっていう話ですよ」

「そりゃそうよ。一人の患者に、何をするにも四人がかりよ。それも二十四時間体制で三交代よ。たいして給料が上がるわけでもないのに、いくら感謝されたって、相応のペイがなければやってられないわ」

「でも、それが評価基準になるっていう話もありますよ」

「評価基準と言ったって、それを決めるのが副師長でしょう。絶対に山崎副師長に付いていたほうがいいわよ」

「大沢先輩は山崎副師長の直系ですものね」

「直系というよりもお姉ちゃんみたいな存在よ。山崎先輩が私のリクルート担当なんだもの」

大沢奈美は、順瑠可大学看護学部の三年先輩である山崎副師長を実の姉のように慕っていた。

「でも、ここには女帝の持田奈央子さんがいるからなあ。総看護師長の座は空いたままでしょう」

「いつまでも空けているわけにはいかないでしょう。持田女帝は経営サイドに入ってしまったわけだから、現場の代表はしっかり指名してくれないと困るのよね」

「でも持田女帝の権限は圧倒的だし、あんなスーパーウーマンは滅多にいないからなあ。おまけに理事長直系の廣瀬常任理事とコンビを組んだわけでしょう。かなわないわ……。山崎副師長は持田女帝とはどうなんですか？」

田中の質問に大沢も首を傾げながら答えた。

「悪い関係ではないんだけど……何と言っても持田女帝は東大大学院だからなあ。しかもアメリカ留学経験があって……人格者となると、人望の厚さが違うわよ」

「東大大学院、アメリカ留学組といえば、産科の栗田茉莉子もそうでしょう？　しかも持田女帝の子分のようになっているでしょう？」

「まあ、栗田は看護師や助産師としての能力は群を抜いているかもしれないけど、この前のオペ室行きの打診に、心臓外科医局長に対して泣いて抗議したらしいからなあ」

「その涙の抗議……って本当なんですか？」

「噂だから、実際に見た人から聞いたわけではないんだけど、持田女帝と廣瀬常任理事が間に入って、医局長からの打診を断ったらしいわよ。栗田ってアメリカで百件以上の心臓移植手術を経験しているそうだから……」

「その話も、なんとなく眉唾《まゆつば》ですよね」

「ううん。それは本当なんだって。臓器移植学会でも有名で、学術書に載っているんだって。持田女帝が言ってたから、それは間違いないわ」

「そうなんだ……でも、栗田は産科のくせに、新生児科や小児科にまで顔を出しているらしいですよ。外来の同期が言っていました」

「助産師って本来はそうしなければならないのよ。ただ、栗田はワーカホリックだからね。あれじゃ、いくらお顔が可愛くても男にはもてないわね。おまけに産科のドクターを怒鳴ったこともあったらしいから」

「本当ですか?」

「これはホント。怒鳴られたドクターが飲み会の時に自分で言ってたから……ただ、栗田のおかげで無事出産したのは事実だったらしいわ」

「二十年後なら栗田の時代が来るかもしれないけど、それまで私がここにいる可能性は低いから……」


他方、結城邦子副師長派も多数派工作を進めていた。

結城副師長は医療法人社団敬徳会赤坂本院から川崎殿町病院開業時に異動してオペ室担当になり、二年前に病棟の副師長になっていた。

「持田女帝の後任としては結城副師長しかいないでしょう」

「結城副師長は住吉理事長自ら医療法人社団敬徳会に採用した……という話ですからね。有力候補であることは間違いないと思うんだけど」

小田恭子《おだきょうこ》看護師と二年後輩の徳永加奈《とくながかな》看護師は労組談話室で話をしていた。

「でも、どうして持田女帝は後継者の指名をしなかったのでしょう？　結城副師長を指名していれば問題はなかったと思いますけど」

「総看護師長は看護師の数からいっても、経験から考えても病棟看護師長から就任する可能性は高いと思うわ」

「よその病院から誰かいらっしゃることはないんでしょうか？」

「その時はその時で仕方ないいんじゃないかしら。結城副師長になって欲しいのは事実だけど、人事は所詮他人事《ひとごと》ですものね」

小田の答えに徳永が喰いついた。

「そんなことを言っていると山崎副師長に負けてしまいますよ。私たちが頑張らなきゃ」

「でも選挙をするわけじゃないのよ。ただし、経営陣にはいい人材が結城副師長には付いている……というところを見せてあげればいいと思うの。数よりも質だと思うわ」

「質……ですか……そうなると、持田女帝に近い栗田さんを押さえておく必要もありますね」

「そうね。能力的にはいつかはここを支えていく人材だと思うけど、先輩方の見方は半々なのよね。助産師としてやっていくのか、心臓外科のドクターが期待しているオペ室に行くのか、本人次第なのだけれどね。才能の幅が広すぎると妬《ねた》まれてしまうのね」

「それと、看護師とは直接関係はないのですが、危機管理の前澤先生を味方にしておくのも大事じゃないかと思うんですけど……」

徳永の言葉に小田が頷きながら答えた。

「前澤先生か……確かに人望はあるわよね……廣瀬先生が県警から引き抜いてきた人だけあって、柔らかい物腰なんだけど、さすがに芯は強いわよね。私、彼女が大好きなんだ」

「前澤先生を悪く言う人はまずいないですよ。患者さんからの信頼も大きいし、栗田さんとも仲がいいみたいね」

「栗田さんは本当に助産師業務だけでなく、仕事に命を懸けているような人よね」

「見習いたいところではあるんだけど、なかなかあそこまで仕事にのめり込むことができない自分を責めてしまう時もありますよ」

「栗田さんは特別なのよ。私は彼女の真似をしようとは思わないなあ」

「そうですね……ワーカホリックっていう人もいるくらいですものね……仕事だけが生き甲斐《がい》じゃないのに……彼女の仕事に対する姿勢を見ていると、なんだか可哀想になってしまう時もあるんです」

「私も同感よ。看護師の鑑《かがみ》なのかもしれないけどね……」

第二章　産科の苦悩

産科と新生児科はＶＩＰ棟の下層階四フロアに設置されていた。学問的に新生児科は小児科の範疇《はんちゅう》に入るのだが、川崎殿町病院では分娩室、新生児室、新生児集中治療室を連動させるため、産科との連携を強く図った母子総合医療センター的体制を採っていた。その中で出生体重四〇〇グラム以下の超低出生体重、在胎二十二週の早期産児でも障害の少ない存命が可能となっていた。

廣瀬は持田奈央子から三五〇グラムの赤ちゃんが生まれたことを聞いていただけに、産科、新生児科の苦労を考えながら、体制の強化を図ることも考えていた。廣瀬は新生児集中治療室（ＮＩＣＵ）をガラス越しに覗いていた。

ＮＩＣＵは赤ちゃんのストレスの要因を最小限に抑え、かつ発達を促すデベロップメンタルケアの概念から、騒音や照度レベルが低い機器や室内設計の工夫がなされていた。ＮＩＣＵには十二床が、さらに産科と隣接する新生児室に十二床が設置されており、NICUは十二床全てがうまっていた。NICUには先天性心疾患、呼吸障害、染色体異常、新生児仮死、胎便吸引症候群、胎児水腫、横隔膜ヘルニア・食道閉鎖などの外科疾患、水頭症などの脳外科疾患に対応するため一台一台のガラスケースのようなユニットがあり、それぞれが人工呼吸器やモニターに囲まれていた。

「小さな命が懸命に生きているんだな……」

思わず呟いた廣瀬は、NICUの中に栗田茉莉子助産師の姿を認めた。栗田は相変わらずテキパキと小気味よい動きで、モニターディスプレーのデータとユニットの中の赤ちゃんを見比べていた。

「ここも完全二十四時間体制だからな……彼女は幾つの仕事を掛け持っているのだろう……」

廣瀬は栗田の仕事ぶりを十数秒間眺めて、産科医局に入った。

中には交代で休息を取る医師や看護師が数人、目の疲れを癒すアイマスクを目の上に載せて椅子の背を倒して休んでいた。

産科の雨宮梢《あまみやこずえ》医長が廣瀬に気づき笑顔を向けて言った。

「廣瀬先生がこの部屋にいらっしゃるのは珍しいですね」

「新型コロナウイルス対策を兼ねて、院内実態を把握しているところです」

「うちの病院でも受け入れをする予定なのですか？」

「原則的には国公立病院や大学病院が対応することになるかと思いますが、万が一の場合を想定しておかなければなりません」

「そうですね。県内の学会でも『困った時の川崎殿町』とおっしゃる先生が多いですからね」

「うちの感染症専門医もまた著名人ですから、様々な分野から頼られる可能性も考えておかなければなりません。ところで、先日産まれた三五〇グラムの赤ちゃんは、その後いかがですか？」

廣瀬の質問に雨宮医長が穏やかな顔つきで答えた。

「その案件はやはり廣瀬先生に伝わっていたのですね？」

「僕は聞いたばかりだったのですが、三五〇グラムという体重に驚いてしまって……」

廣瀬は言葉を濁《にご》すように言った。すると雨宮医長は二度頷いて言った。

「私も二十年近くこの仕事をしていますが、四〇〇グラム以下の赤ちゃんを実際に手にしたのは初めてのことです」

「どうして、そんなに小さな赤ちゃんが生まれたのですか？」

「原因は幾つか考えられますが、低体重の赤ちゃんに関しては生まれたときの体重による分類で、二五〇〇グラム未満を『低出生体重児』、一五〇〇グラム未満を『極低出生体重児』、一〇〇〇グラム未満を『超低出生体重児』と呼んでいます。日本では出生数の減少に伴って絶対数は減っているものの、低出生体重児の割合は決して減ってはいないんです」

「世界的な傾向なのですか？」

「いいえ、三十年間の統計で世界の平均よりも一・五倍の増加率で出生の一割となっているのです」

「主たる原因は何ですか」

「不妊治療による双子以上の多胎児として生まれた場合や、母親の酸素や栄養分を運ぶ胎盤や臍帯《さいたい》の働きが不十分で栄養の蓄えが少ない状況で生まれた場合があります。今回の場合は、その後者に当たります」

「若年者だったのですか？」

「はい。母親は十七歳で、父親は不明です。一一九番で緊急搬送された早産でした」

「やはり緊急搬送ですか……」

廣瀬が渋い顔をすると、雨宮医長が言った。

「病院を経営する立場の方から見ると、当院に救急搬送で運ばれる産科の患者さんの約半数が経済的に恵まれない方のようですからね。しかも、そのほとんどがＮＩＣＵですから」

「消防には産科の救急搬送を控えてもらうようにお願いしているんですけどね」

「でも、子どもが生まれないと、この国が大変になるのでしょう？」

「悩ましい問題です。ところで、話が途切れてしまいましたが、三五〇グラムの赤ちゃんのその後はどうなんですか？」

「順調といえば順調なのですが、ほとんどの脳機能は妊娠後期に発達するため、脳がまだ十分に発達していない可能性を、親御さんも考えておかなければならない……ということです」

「それって、やはり何らかの形で障害が出てくる可能性がある……ということですか？」

「それは否定できません。さらには強い障害のある状況での長期生存を、社会のバックアップが少ない状況で可能にしてしまうという矛盾と直面する中で、新生児医療の進化がこれでいいのか……と自問自答してしまいます」

雨宮医長の複雑な思いを廣瀬は感じ取っていた。

「医学の進歩というものは人の寿命も延ばしますが、その分、若者の負担が増大することも事実ですからね。高齢者の孤独化等も考えると、病院の経営に携わる一人として雨宮さんと同じような思いに至ります」

「そうですね。廣瀬先生のお立場になると、医療全般に視野を広げなければなりませんものね」

「医療法人社団の経営とはいえ、四つの病院のことだけを考えていては何の進展もありません。患者さんの生命身体を守ることが第一ですが、その前提として、病院職員のメンタル面を含めた安全安心が保護すべき最大のものなのです」

「そういう話を伺うと、本当にありがたいと思います。医師だけでなく、病院で勤務する者は皆、患者さんのことを第一に、そして患者さんのご家族のことを優先して考えています。自分たちのことは二の次になってしまいますのでね」

「ですから医療関係者は世界中で感謝される存在なのです。そして、皆さんのように誇りをもって従事されている姿を患者さんは見ているんですよ。中でも、医療法人社団敬徳会の各病院は理事長の姿勢を本当によく理解されていると思います」

「理事長もそうですけど、私たち現場の者はよく、廣瀬先生の存在が大きいといっていますよ」

「いえいえ、僕は理事長の思いを意気に感じてお世話になっているんです。高い志というのは伝播するものなんですね。ですから、その流れを止めてはならないと思っています」

廣瀬の言葉を聞いて雨宮医長がふと首を傾げて言った。

「でも、これだけ大きな所帯になってしまうと、いろんな人が出てくるのも事実ですわ」

「そりゃそうでしょうね。建設的な意見と不満とは似て非なるものです。自分の立ち位置をどこに置くか……によって、物事の考え方は大きく変わってしまいます。採用時にはそうでなくてもね」

「やはり社会人になると、いろいろな出会いもありますし、病院内でも病棟勤務をすると、特定の患者さんとの会話も増えますから、少なからず影響を受けてしまうのかもしれません。特にＶＩＰ棟の入院患者さんの多くは社会的地位の高い方ばかりで、些細な雑談でも本当に面白いし、人生の参考になるような話が多いのが事実です」

「そうでしょうね。政財界のトップクラスの話を直接聞くことは、なかなか経験できないことですからね」

「そういう方は案外看護師には平気で裏話なんかもなさるので、看護師の中にはそれが当直の楽しみ……なんて言っている子もいますよ」

「コミュニケーション能力が高いのでしょう」

廣瀬はそう答えたものの、情報の流出という点が気になって雨宮医長に訊ねた。

「看護師の資質として聞き上手……というのは非常に重要なことなのですが、職務上知り得た個人情報等の秘密保持に関して、きちんとした指導教育を怠っていたような気がするのですが、どう思われますか？」

それまで笑顔で答えていた雨宮医長も、やや顔を曇らせて答えた。

「そうですね。看護師ステーションではいろいろな話が飛び交っていますから、情報の流出は確かに気になるところではありますね」

「噂話が好き……ということですか？」

「そうですね。男性よりも女性の方がその傾向が強いような気はします。もちろん全員ではありませんし、あくまでも個人的意見ですけれど。医師仲間でも『どうして女性はいない人の悪口や噂話で盛り上がるんだ？』と聞かれることがあります。これはおそらく、女性看護師のことを言っているのだろうと思います。『遠い人の話をする男・身近な人の話をする女』と言っていた医師もいました」

「遠い人の話……どういうことでしょう？」

「もっぱら仕事や政治や経済の話だと思います。その点女性は、『○○ちゃんがね……』というような、身近な人の、それも当の本人がいない場所での噂話で盛り上がることが多いんです」

「なるほど……僕も陰では何を言われているかわかりませんね」

「廣瀬先生はおそらく大丈夫ですよ。みんなのお助けマンですから」

「お助けマンか……」

廣瀬が苦笑いを浮かべたところに栗田茉莉子がやってきた。

「廣瀬先生、雨宮医長一緒でちょうどよかったです。ご相談があるのですが」

「僕も一緒でいいのですか？」

「はい。他院から転院して来られた患者さんのことなのですが、ちょっと複雑な問題がありまして……」

雨宮医長が病棟内の面談室の空室を確認して三人で向かった。

面談室に入ってテーブルを挟んで座ると栗田が切り出した。

「実は、一昨日、特別室に入院された月岡香苗《つきおかかなえ》さんのことなのですが……」

月岡香苗は国会議員を父に持つ若手芸能人だった。しかも、ＬＧＢＴであることを公表して同性のパートナーを選んだことで、マスコミに追われた時期もある人物だった。

ＬＧＢＴとは、Lesbian（レズビアン、女性同性愛者）、Gay（ゲイ、男性同性愛者）、Bisexual（バイセクシュアル、両性愛者）、Transgender（トランスジェンダー、性別越境者）の頭文字をとった単語で、セクシュアル・マイノリティ（性的少数者）の総称のひとつである。

廣瀬が表情を変えることなく言った。

「カミングアウトした人ですよね」

カミングアウトとは、“coming out of the closet”の略である。世間や周囲の偏見や無理解から自分のことを隠さざるを得ないことを「クローゼットに押し込まれている状態」にたとえることから派生した言葉で、そこから出て、陽のあたる場所に自分を置く決意をいう。最近は性的少数者が自己の性的指向を告白する場合に用いられることが多い。

廣瀬の言葉を受けて、雨宮医長が栗田に訊ねた。

「パートナーの女性はメイクアップアーティストだったわよね」

「そうです。ただし、月岡さんが妊娠した際の精子はインターネットで購入したものだったのです」

「そんなものまでネットで売っているんだ？」

今度は廣瀬が驚いた顔つきで栗田に訊ねた。

「最初は二人の共通の知人に精子の提供を依頼したようなんですが、みんなに断られて、結果的にインターネットで購入したということでした」

「転院してきたとなると、間もなく臨月になるわけですか？」

「まだ一ヵ月近くあります。ただ……」

栗田が表情を崩しながら、下唇をかみしめるような仕草を見せて言葉を続けた。

「月岡さんのお腹の中で育っている赤ちゃんは十八トリソミー症候群なのです」

「えっ？」

雨宮医長が驚いた声を出した。廣瀬が雨宮医長に訊ねた。

「その十八トリソミー症候群というのは？」

「十八トリソミー症候群は、エドワーズ症候群とも言いますが、常染色体異数性の染色体異常症で、十八番染色体全長あるいは一部の重複に基づく先天異常症候群です。割合は出生児三千五百人から八千五百人に一人、その四分の三は女児なのです」

「それで、その患者さんは先天的に障害を持った赤ちゃんを出産することになるのですね」

「はい。産むか、産まないかの決断をする時期はもう過ぎています。人工妊娠中絶手術は母体保護法が適用される場合で、妊娠を中断しなければならないときに行う手術です。人工妊娠中絶手術が受けられるのは妊娠二十二週未満（二十一週六日）までですので」

「本人にその告知はしたのですか？」

廣瀬が栗田に訊ねた。

「まだです。これから医局で先生方に相談しなければならない案件です」

「羊水検査の結果なのね」

雨宮が確認した。

「はい」

「どうして初期、中期の妊婦健診で異常が見つからなかったのかしら？」

「それまで通常の産科での診断をあまりきちんと受けていなかったようなんです」

「えっ、どういうこと？」

「彼女が子宮内人工授精を行ったのは韓国の病院だったそうです」

「なるほど……最近、女性同性愛者の妊娠で海外の施設を使う人が増えているという話を聞いたことがあるけど、この病院では初めての症例ね」

「非配偶者間人工授精による出産ですね……」

二人の会話を聞いていた廣瀬が言った。

「本件の事実関係を妊婦に告知しなければならないでしょうが、その対策も必要ですね」

「先天異常の告知は、問題が特定された時点でできるだけ早く、親身になって、明確かつ率直に説明を行うことが原則です。当院でもこれまで数例のダウン症児をとり上げていますが、今回は、それ以上の問題を抱えています」

「最終的に告知は雨宮医長がなさるのですか？」

「はい。責任者ですから」

そう答えた雨宮医長の表情には凜とした輝きがあった。廣瀬が訊ねた。

「どのように伝えるのか、参考までに教えていただけますか？」

「妊婦自身が自己否定、自己嫌悪に陥る可能性が高いため、妊婦ひとりだけに説明することはせず、できる限りパートナーの同席を条件として、二人揃っているところで告知に臨むことが望ましいのです」

「通常ならば夫婦揃って……ということになるのでしょうが、今回の場合、パートナーの女性と一緒というだけでよろしいのでしょうか？」

「そこは私も初めてのことなので、実は悩んでいます。パートナーの女性には現時点で、将来的に親権が伴うものなのか、日本ではまだ判例がありません」

「妊婦の両親も一緒に……というわけには行かないでしょうね」

「はい。その点が実は悩ましいところなのです。妊婦のパートナーの女性にどれほどの覚悟があるのか……私もまだ直接面談していないのです」

「彼女の入院に際してはどういう手続きだったのですか？」

「赤坂の本院の紅林《くればやし》産科医長からの要請でした。紅林医長のお知り合いの開業医からのたってのお願いということで、赤坂の本院が満床だったため、こちらで引き受けたのです」

「紅林医長か……彼は医師というよりも経営者を目指している人ですからね……」

廣瀬は本院の紅林医長が妊婦の父親から金銭を受け取っていたのではないかと思った。

「いっそのこと、紅林医長に告知させてはどうでしょう。国会議員も出てきていることだし、背景に金銭がからんでいる可能性が高いように思われます。紅林医長に紹介した医師も同席……ということで」

「えっ？」

雨宮医長が驚いた顔を見せた。

「これは医師としての責任問題だけではなく、これから生まれてこようとする一つの生命に対する責任問題です。親となる二人にとっては当然のことながら、宅配便の荷物でもあるまいし、右から左へと人の命を送るようなことをする医師にもその責を負ってもらう必要があると思うのです。僕から住吉理事長に伝えます」

雨宮医長は思いを巡らしている様子だった。廣瀬が言った。

「医は仁術と言います。長く日本の医療倫理の中心的標語として用いられてきた『医は、人命を救う博愛の道である』を意味する格言です」

唐の徳宗の時代の宰相・陸宣公が、「医は以て人を活かす心なり。故に医は仁術という。疾ありて療を求めるは、唯《ただ》に、焚溺水火《ふんできすいか》に求めず。医はまさに仁慈の術に当たるべし。すべからく髪をひらき冠を取りても行きて、これを救うべきなり」といい、「養生訓」を著した貝原益軒は、「医は仁術なり。仁愛の心を本とし、人を救うを以て志とすべし。わが身の利養を専に志すべからず。天地のうみそだて給える人をすくいたすけ、万民の生死をつかさどる術なれば、医を民の司命と云《いい》、きわめて大事の職分なり」と説いている。

廣瀬が続けた。

「雨宮先生、これは責任転嫁ではなく、仁術を尽くすためには避けて通るべきではない道だと思います」

雨宮医長が廣瀬の目をジッと見つめながら答えた。

「仰《おお》せの通りにいたします。廣瀬先生のお気遣いに衷心より感謝いたします」

二人の会話を聞いていた栗田茉莉子が唸るように言った。

「廣瀬先生って、やはり凄い人だと思います。私の発想の中には全くありませんでした。ただし、今後の母子の心身のケアは私たちが全力を挙げなくてはなりません」

「これも危機管理ですよ」

廣瀬が笑顔を見せて席を立った。


廣瀬は自室に戻ると月岡香苗の人物像を調べた上で、住吉理事長に電話を入れて産科での経緯を話した。

「紅林君に確認してみましょう。芸能人のことは全く知りませんが、背景に政治家がいるとなると面倒に巻き込まれるのは困りますからね」

「妊婦の父、月岡孝昭《たかあき》は天下救済教《てんかきゆうさいきよう》の役員の野党議員です。しかも内部分裂を繰り返しながらも、組織的には金はあるようです」

「宗教団体の組織内議員ですか……だいたい想像は付きます。野党といっても与党からの分派で、没落代議士の影響下にある組織でしょう?」

「そのとおりです。かつては次期リーダーと目されながら、当選回数だけは多いですが、まさに『凋落《ちょうらく》』の言葉がふさわしい代議士です」

「そうだろうと思いました。彼の配下にいるような議員ですから推して知るべし……ですね。早速、紅林君を呼んでみますよ」

廣瀬は住吉の政界情報の詳しさに感心しながら電話を切った。

三十分後、住吉から電話が入った。

「紅林が辞表を出しましたよ」

「えっ。どういうことですか?」

「紅林が付き合っていた医者は北朝鮮系の病院の医師で、これも例の国会議員ルートでした。この在日朝鮮人の金《キム》という医師は診察もろくにしていないどころか、患者の父親から金を積まれたことをあっさりと認めました。問題はこれからですね」

「辞表を出すのは勝手ですが、妊婦の方にはこちらで告知することになるのでしょうか？」

「いえ、最後の仕事として紅林たちも同席させてやらせましょう。それをやらなければ、産科の医師として日本国内では表の仕事ができなくなりますからね」

住吉理事長の言葉には重い響きがあった。


三日後、産科病棟の特別室で廣瀬が進行役を務める中、金医師、妊婦の父親、妊婦のパートナーの女性が同席して、紅林が妊婦に告知を行った。これには当然のことながら川崎殿町病院の雨宮医長と栗田茉莉子も同席していた。

紅林はすでに赤坂の本院の医師を辞していたが、住吉理事長の厳命を無視することはできなかった。

「まず、月岡香苗さんのお父様には妊娠の経緯からご説明いたします」

紅林は月岡香苗が同性愛者として妊娠を希望し、インターネットで購入した精子を使用して韓国国内の病院で人工授精を行った説明を行うと、参議院議員の父親は握った両拳を震わせていたが、宗教人らしく目を瞑って聞いていた。

次に紅林は人工授精が成功して妊娠が判明し、その後、韓国の病院から紹介された日本の北朝鮮系の病院で診察を受けた旨を語った。

金医師はポーカーフェイスを貫いて何も語らなかった。そこで進行役の廣瀬が質問した。

「金医師、おたくの病院では妊娠初期、中期における検査は適正に行われたのですね」

金医師は憮然《ぶぜん》とした表情で答えた。

「彼女が来たのは、最近のことだ。妊娠の判定でさえ、医師ではなく自分達が薬局で買ってきたキットでやっただけのことだった」

「そうすると、妊娠中期は、医者に見せていないのですか？」

「最初にうちの病院に来た時に私が本国に帰っていたため代わりの医師が、母子手帳の交付に必要な診断書を作ってやったんだ。その後どうなったか、最近まで私も知らなかった」

「本人は何と言ったのですか？」

「順調にお腹が大きくなってきたので、そのままにしていたらしい。産み月が近くなって、ようやく電話でいくつかの病院に連絡をしたらしいが、どこにも断わられて、ようやくうちの病院に帰って来た……という事だった。私も医者としてあきれるばかりだったが、うちの病院は、すでに満床だったんだ」

「通常の超音波検査では正常と認められたのですね」

「妊娠に正常も異常もない。新たな生を授かったのであれば、それは神の意志に従って粛々と出産するものだ」

「北朝鮮でも神を信じるものですか？」

「内心の自由は誰にも侵されないものだ」

「それはあくまでも個人の意思であって、第三者に、しかも医師として患者に伝えるべきことまで誰にも侵されない自由というのはおかしいのではないですか」

「それはあなたの考えだ。私は間違ったことをしたとは思っていない」

「それならば、どうして出産まであなたの病院で行わないのですか。姑息《こそく》な手段をつかって出産という産科にとっては最も大事な瞬間を他の病院に任せようとしたのはどうしてですか？」

金医師は言葉に詰まった。この時廣瀬は金医師が住吉理事長からの情報どおり、羊水検査どころか超音波検査もしていないのだろうと判断した。そこで廣瀬は紅林に本題に入るよう伝えた。紅林が額に汗を浮かべて語り始めた。

「本日、皆さまにお揃い頂いたのは、香苗さんの体内で息づいている赤ちゃんに関して重要なことをお伝えしなければならないからです」

この時、妊婦の香苗はただならぬ事態を察した様子で訊ねた。

「先生、もしかして、私の赤ちゃんが何かの病気を持っているのですか？」

「そうですね。これまであなたが何不自由なく育ってきたことを考えると、少し違った環境に身を置くことになるかもしれません」

紅林はそう前置きした。これを聞いて廣瀬は紅林が少なくとも説明を受ける側の知識や理解力を考えた上で、適切な落ち着いた環境を作ろうとしている意思を認めていた。紅林が穏やかな口調で言った。

「お腹の中の赤ちゃんは新生児に稀《まれ》にみられる遺伝子疾患がある可能性があります」

「遺伝子疾患……そんなに珍しいものなのですか？」

「出生児三千五百人から八千五百人に一人……という数字を多いと考えるか、少ないと考えるか……の問題ですが」

「三千五百人から八千五百人に一人……よくわかりませんが、遺伝子疾患というのはどういうものなのですか？」

「疾病名は十八トリソミー症候群というもので、十八番染色体全長あるいは一部の重複に基づくものです」

「ダウン症とは違うのですか？」

「ダウン症候群と呼ばれる疾患は、体細胞の二十一番染色体が通常より一本多く存在し、計三本（トリソミー症）になることで発症する先天性疾患群です。お腹の赤ちゃんはダウン症ではありません。胎児期からの成長障害等、症状は全体として軽症となる傾向にはあります」

紅林の説明は非常に曖昧で、香苗は言葉を発することができなかった。これを聞いていた雨宮医長が紅林に言った。

「紅林さん。情報を中途半端な状態で伝える姿勢は、すべての情報を伝えないという思慮に欠ける姿勢と同じだと思います。ここに用意した説明資料を活用して、もう少し具体的に、短いセンテンスで説明してあげてください」

紅林は雨宮医長から資料を受け取って具体的に、わかりやすい表現で説明を始めた。廣瀬は同席している全員を冷静に眺めていた。五分ほどの説明を終え、少しの沈黙の後、月岡香苗の父親である月岡孝昭参議院議員が金医師を名指しして発言した。

「欧米では胎児がダウン症候群と診断された場合、その約九割が妊娠を中断していると聞いたことがある。今回のその何とかいう症候群ではどうなんだね」

「ダウン症候群は十八トリソミー症候群に比べ、その頻度が五倍から十倍ほど高いことと、平均して八から九歳の精神年齢に対応する軽度から中度の知的障害が残ること、現時点で治療法は存在しないことから、中絶に至るケースが多いようです。欧米では妊娠十一週頃に絨毛検査という検査を行って確定的に診断できますが、日本ではこの検査を実施している医療機関は少ないのが実情です。いずれにしても、お嬢さんが私どもの病院で初めて診断を受けたのは、妊娠三十週を過ぎてからのことで、出産予定まで十週を切っていたのです」

「すると、どこの病院に行っても、出産を待つしかなかった……ということかね」

「そのとおりです」

「ではどうして、あんたの所の病院ではなく、ここの病院に転院させたのかね」

「うちは満床でしたから。また、川崎殿町病院の施設、スタッフの質が都内、近隣の中でも極めて評価が高いからです」

月岡議員は憮然とした表情で口をつぐんだ。

この時、廣瀬は妊婦の同性愛パートナーである女性の態度が気になっていた。彼女は一見して妊婦よりは若いように思えた。目に落ち着きがなく、時折、唇をかみしめるようなしぐさを見せ、パートナーの妊婦に対して思いやる素振りも言葉もなかった。

その後、いくつかの質疑応答を経て、紅林と金医師は月岡父娘とパートナーに謝罪

をしたうえで、雨宮医長に深々と頭をさげて、

「よろしくお願いします」

と言った。

雨宮医長は二人に会釈《えしゃく》を返したうえで、月岡父娘とパートナーに向かって言った。

「今後は私どもが無事に出産ができますよう、全力で取り組みます。香苗さんも今はまだショックの方が大きいと思います。まずはパートナーの方と将来への展望を話し合ってください。それからまた一緒に話しましょう」

父親の月岡議員も娘とパートナーに対して、

「まず、二人でゆっくり話をしなさい。今後のことはまた、一緒に話し合おう」

と言い残し、先に特別室を出た。廣瀬もあとを雨宮医長と栗田茉莉子に任せ、紅林と金医師を別室に待たせて月岡議員を追った。

「月岡先生、少しお話をお伺いしたいと思います」

月岡議員の了承を得て廣瀬は応接室に一緒に入った。

「ご心中お察しいたします」

「私もまだ娘の行動に関して、全く判断がつかないところなんだ」

「月岡先生は宗教にも造詣《ぞうけい》が深いと聞いております。とはいえ、お嬢様のことは親と

して宗教では割り切ることも難しいのではないかと思います」

数秒、月岡議員は目を瞑って考えていたようだったが、意を決したかのように口を開いた。

「あなたにだけ訊ねたいんだが、今から、娘の腹の中の子を始末することはできないものなのだろうか？」

廣瀬はこの時、月岡が口にした「始末する」という台詞《せりふ》に対して激しい怒りを感じていた。

「出産まで十週を切っている……ということの時期に入ると、胎児とはいえ『人』に近い状態だと思います。母体保護法においても、現時点での中絶は罪となります」

廣瀬のやや強い口調を感じ取ったのか月岡議員は一度、大きくため息をつくと、眉を顰《ひそ》め、憮然とした顔つきになって言った。

「そうだろうな。儂《わし》も所詮は人の子、人の親だよ。バカ娘を持ったバカ親だ。あとは本人たちに任せるしかなかろう」

そういうとおもむろに席を立って見送ろうとする廣瀬をさえぎって応接室を後にした。

廣瀬は背筋を伸ばして玄関方向に歩く月岡議員の後姿を不快に感じていた。

金医師等を待たせていた会議室に入ると廣瀬は紅林に訊ねた。

「医療法人社団敬徳会の理事として確認しておかなければならないことがある。あなたはいつから金さんとお付き合いがあったのですか」

「もう十五年になります。敬徳会に入る前の大学病院でお世話になりました」

「お世話になった……どういうことですか？」

「北朝鮮と中国、韓国の病院視察にお連れいただいたのです」

廣瀬は二度頷いて、今度は金医師に訊ねた。

「金先生は日本だけでなく、海外の大学でも学ばれたのですか？」

「中国の大学の医学部も卒業している。中国の大学の医学部を卒業すれば北朝鮮でも医師資格は有効なのだ」

「なるほど……優秀なのですね」

「在日は母国の北朝鮮では正当な評価をしてもらえない場合が多い。しかし、中国での医師資格は別だ。しかも、日本の高度医療は北朝鮮も認めている」

「貴院のことは私も知っています。日本でも高度な医療を行うと聞いていますが……」

「今回は産科の医師が帰国していて、診察ができなかったのだ」

「こんなことはよくあることなのですか？」

「年に一ヵ月くらいはある。また、韓国で人工授精を行った患者は、いろいろ『ワケアリ』が多いので、できるだけ別の病院にお願いするようにしている。今回は本当に医師がいなかったのが理由だ」

ここまで来て、廣瀬の口調が変わった。

「韓国国内には美容整形だけでなく、産科にも闇医者が多いと聞いているが、その医者は闇ではないんだな」

「韓国の産科の闇医者は中絶専門で人工授精はやっていない」

「そういうことか……」

そこで紅林が言葉をはさんだ。

「韓国人の中でも富裕層に属する一部の者は、韓国内ではなくアメリカや日本で子どもを産みたがる傾向があります。しかし、最近、アメリカが出産のための入国を中国人同様に断るようになったため、日本での出産が増えているのが実情です」

「富裕層がどうして日本で産みたがるんですか？」

「韓国の経済に先がないことを知っているため、日本国籍を取りたいからです」

金医師が言葉を引き取った。

「文大統領の時代で韓国経済は破綻すると見ている富裕層は多いんだ。富裕層と言っても財閥系企業幹部だけだが、儲けられるうちに儲けて、海外で余生を過ごしたいのだ。だから、財閥一族ではない富裕層の子どもは、多少の無理をしてでもアメリカに留学させる」

「中国じゃないのか？」

「中国も先がないよ。なにしろ十三億とも十四億ともいわれる人口を養っていけるだけの資産も環境も食料もない」

「人口の半分近くは貧しい国家だからな……」

「そうだ。日本の貧困家庭などとは比べ物にならないほど貧しい。私が多くの日本人医師を中国や北朝鮮に連れて行くのは、その現実を見てもらって、真に貧しい国民に何らかの手を差し伸べてもらいたい思いがあるからだ。何だかんだ言っても、医者は金持ちだからな」

「それだけの資金を投じてきているからだろう。しかし、医者と言っても雇われ医では博士号を取得するまでは安月給だ。本当に稼ぐことができるのは四十歳を過ぎてから……というのが実態だからな」

「最近は医者になって稼ごう……という若者は減っている。実際に中規模の個人病院が廃業に追い込まれているね」

「確かにそうだな。病院だけでは食っていけないから、特別養護老人ホームやデイサービスセンターやケアハウスを併設しているところが増えているな」

「どこも生き残りをかけて懸命なんだよ」

「しかし、貴院はそうでもないだろう。バックに国家とは言わないが組織がついているからな」

「そのバックが金を要求するだけで何も助けてくれなくなっているのが今の北朝鮮だ。うちの病院で産科の医師が減っているのも、利益が薄い……という背景があるからだ」

「なるほどな。そんな中で、今回のようなワケアリ患者は、金を出してよそに回しても儲けがあるんだな」

「システムができているから……ただし、今回は事情が違う。人工授精をして半年以上も病院に来ないなんて、常識では考えられないよ。何を考えているのだか……」

「本来の婚姻スタイルとは違うからだろう。女優の収入も途絶えるだろうし、経済的な問題が多いのかもしれないな」

「でも、特別室に入院してるじゃないか？」

「あれは父親が見栄を張っただけのことだ。宗教団体とはいえ、どこまで親身に娘のことを考えているのか……だな」

廣瀬は金医師と紅林の背景を概《おおむ》ね理解したため、聴取を打ち切った。

廣瀬が自室に戻ると持田奈央子が部屋の外で待っていた。

「どうしました？」

「産科の栗田さんから話を聞きました。第五特別室の患者さんはちょっと複雑なようですね」

「僕もまだ経験したことがない案件だからね。立ち話でする案件ではなさそうですね」

廣瀬は、個室の扉を開けたまま、持田を室内に入れた。

「私も先ほどナースコールで呼ばれたんです」

「ほう。何か起こりましたか？」

「パートナーの女性が突然別れ話を持ち出したそうで、妊婦さんが半狂乱になったんです」

廣瀬は自分の勘が当たっていたことを悟った。

「やはりそうなったか……自分の子どもとそうではない第三者の意識の違いだな……さて、病院としてこれからどう対応するか……ですね」

「パートナーの女性は、まさに『人でなし』ですよね」

「その程度の相手を選んだのだから自業自得としかいいようがない。ジェンダーとかいうのではなく知的レベルの問題だな」

廣瀬の言葉に持田が驚いた顔つきになって訊ねた。

「知的レベル……ですか……。凄い切り捨て方のような気がしますが……」

「世の中には『親になってはならない者』というのが存在するんだよ。子どもの将来も考えずに、単に『子どもが欲しかった』という者や、『欲しくもないのにできてしまった』という輩《やから》だ。そんな親の元で、成長する子どもたちがかわいそうだ。僕は警察時代にそんな馬鹿な親どもをたくさん見てきたからね」

「なるほど……もし、これから今回の当事者の二人の間の溝が深まった時、助産師さんの仕事が増えるのでしょうね」

「産まれた後までケアするのが助産師の仕事ですからね。助産師の採用枠を増やすしかないでしょう」

「少子化の中で、助産師さんが足りない……というのも難しい問題ですよね」

持田奈央子がため息交じりに言うと廣瀬が頷きながら言った。

「子どもが増えるような国家になってもらいたいんだけど、難しいだろうな。だからこそ、安心安全に赤ちゃんを育てる環境を大事にしたいと思っているんです。今回の妊婦さんはおそらく、これからもっと大変になるだろうと思います。持田さんも注意して見ておいてください」

持田が静かに頷いて退室した。

第三章　ドクターヘリ

「廣瀬先生、第二ヘリポート問題をどうしますか？」

川崎殿町病院二十二階の第二理事長応接室で住吉理事長が廣瀬に訊ねた。

川崎殿町病院のドクターヘリ用のヘリポートは本館の屋上に設置されている。二十二階建てビルの構造上、二十三階部分をエレベーターと階段部分以外を空間にしているため実施的には二十四階の高さになる。この空間部分の二十三階を空けているのは理由があった。ビルの屋上へは強いビル風が生じることがあり、風向きによってはビル側面に当たる風の三分の一が屋上面に回ることもある。このため、上空は比較的穏やかでも屋上に近くなれば横風が増すことが多く、ＩＣＡＯ（International Civil Aviation Organization：国際民間航空機関）では屋上ヘリポートはその着地面を桟橋上に上げ、着陸面下をビル風の逃げ道に確保することを強く勧めている。

実はドクターヘリ用の屋上ヘリポートを設置している病院は少ないのが実情で、多くの病院でドクターヘリを離着陸する設備は「飛行場外離着陸場」と呼ばれる施設である。ヘリポートはヘリコプターが離着陸を繰り返しても十分な強度が確保されていることや、着陸帯の面積、飛行ルート等を設計段階から国土交通省がチェックし、安全に運航できることを確認したうえで使用を許可している。他方、緊急離着陸場は万一のビル火災時の救急活動や消火活動だけのために設置されることから、国土交通省の中でも住宅局と総務省消防庁の指導で普及が進んだ背景がある。このため、緊急離着陸場は建築構造物、ヘリポートは土木構造物に分類されている。

「第二ヘリポートは屋上ではなく、ヘリベースを含めた地上施設にする予定でしたが、一旦中止にし、この前ご提案したように今回の新型コロナウイルス対策用のエアドーム式の発熱外来を設置したいと思います」

「発熱外来ですか……いよいよですね」

「今回の新型コロナウイルスは少なからず国内でも感染していくと考えています。政治が中国に遠慮したこともあって、春節の中国人観光客を受け入れてしまった愚に加え、中国の手先になっているＷＨＯの判断も極めて甘いのです。発熱外来の準備が必要だと思います」

廣瀬は住吉理事長が医療法人社団敬徳会としてヘリポートの増設を真剣に考えてい

たことはよくわかっていたが、今回の新型コロナウイルス問題への対処はそれ以上に喫緊の課題と考えていた。

「屋上にヘリポートを建設した際に、廣瀬先生の意見を聞いてきちんとした形でのヘリポートを建設してよかったと思っています。建設当時はこれほどドクターヘリが活用されるとは思っていませんでした」

ドクターヘリとは、救急医療用ヘリコプターを用いた救急医療の確保に関する特別措置法（平成十九年六月二十七日法律第一〇三号）に基づき、厚生労働省のドクターヘリ導入促進事業により都道府県等の救急医療政策の一環として運用されている医師及び看護師又は救急救命士を搭乗させたヘリコプターであり、災害時には、災害時のドクターヘリ運航要領等に基づき、必要に応じてＤＭＡＴの活動支援に活用することができるとされている。

ＤＭＡＴとは大地震及び航空機・列車事故等の災害時に被災者の生命を守るため、被災地に迅速に駆けつけ救急治療を行う、厚生労働省の認めた専門的な研修・訓練を受けた災害派遣医療チームで、Disaster Medical Assistance Team の頭文字をとって「ディーマット」と呼称されている。ＤＭＡＴ一隊の構成は、医師一名、看護師二名、業務調整員一名の四名を基本としている。

「話が大きく遡りますが、一九九五年一月に発生した阪神・淡路大震災では、死者が六千人以上、負傷者は四万人以上という状況にもかかわらず、震災発生当日にヘリコプター搬送された患者は、僅かに一名のみだったのです」

「えっ、そうだったのですか？」

「当時の自治省消防庁には『救急は官の仕事である』という意識が強く、これに民間が参入することなどあり得ない状況だったのです」

「ドクターヘリの名前が出てきたのはその後ことですからね」

「本格的にドクターヘリが民間の手で運航されるようになったのは二〇〇一年になってからのことです。現在すでに五十機以上のドクターヘリが飛んでいますが、医療法人が独自で『全日本航空事業連合会ヘリコプター部会ドクターヘリ分科会』と『日本航空医療学会』に事業会社として認定されているのはうちだけですからね」

「成田分院でドクターヘリを運航するようになった際に活発に動いた甲斐があったのですね」

「二機目のヘリ、ＢＫ１１７Ｃ－２もすでに発注済みですし、現在、統一規格の塗装の準備にも入っています」

「今後は患者だけでなく、医療機器や薬剤の搬送も可能……ということになるわけですね」

「はい。そこがヘリポートを持っているかどうかの違いになってきます」

「ところで、その第二ヘリポートの設置が延期になってしまうと、ヘリの納期にもかかわってくるのではないですか?」

「新しいヘリは第二ヘリポートの完成に関係なく、若洲のヘリポートセンターに入れますから大丈夫です」

「第二ヘリポートは間もなく完成なのですか?」

「当初の工事で厚めの保護コンクリートの下に、屋上のヘリポート同様、防水層も設置していますし、表面に芝生を張ったアルミデッキも取り付け済みです」

「赤坂の本院のヘリポートも廣瀬先生のおかげで『病院ヘリポートマーク』が鮮明でわかりやすいと、パイロットからも好評ですよ」

世界共通の「病院ヘリポート」マークは「白十字に赤H」というデザインで、一般的なビルの屋上に設置されているヘリポートと「病院ヘリポート」を区別するために重要な目印になっている。しかし、地方自治体の消防が監督する屋上の「緊急離発着場」には、「病院のヘリポート」であっても黄色の○印の中に黄色Hを書くことが義務付けられている。そのため上空から見ると病院もオフィスビルも同じ緑色の床に黄色いHマークが描かれており、「病院ヘリポート」なのか「緊急離発着場」なのか見分けがつかないため、救命救急患者の迅速な搬送を目的とするドクターヘリの運行上、特に都心ではパイロットが上空から病院を探すこと自体が困難になっている。

「赤坂の本院のヘリポートも表面をアルミデッキ製にしているため、色も鮮明で、プラットホーム自体の劣化が少ないため、パイロットも安心して着陸をすることができるんです」

「しかし、廣瀬先生は専門分野でもないこともよくご存じですよね」

「危機管理の基本は、常に利用する立場に立って、その専門分野の方に複数お会いして意見を伺って自分の方針を決めることなのです。これが癖になっていますから、専門分野の役人相手でも意見を述べることができるんです。ヘリポートに関してはヘリポート設計のプロから、元ドクターヘリのパイロットまで意見を聞いていますからね」

「そうだったのですか……医療法人社団敬徳会の四つの病院全てにヘリポートが建設されているのは、そういうバックグラウンドがあってのことだったのですね」

「当医療法人のヘリポートを一つ作るにも数千万円の経費が掛かっているのです。都会にある医療設備が整った病院では、これを使わずして人の命を救うことができないのが実情ですし、地方で困っていらっしゃる方々も救うことができるわけですからね」

「地域医療だけでなく、広く目を広げていらっしゃったのですね」

「それが当医療法人の方針だからです。東京都のように都民から預かった税金を湯水のように使ってしまうわけにはいきません」

「それはどういうことですか？」

「ヘリポート一つとってもそうです。前知事の時から問題になっていた豊洲の市場の屋上にも数千万円をかけて造られたヘリポートが存在します。豊洲市場では今頃になって設計偽装も問題視されているようですが、そもそも豊洲市場にヘリポートなど全く必要がないのです」

「えっ、そうなんですか？」

「消防庁が中心となって高層ビルの屋上には消火活動用のヘリポートの設置がほぼ義務化されています。これは万一の火災時に、屋上から救助するためや、消防隊が突入するためなんです。その高層ビルの火災時のために必要な『緊急離着陸場』がなぜか高層ビルでもない豊洲市場の屋上に設置されているのですよ。なんのために、誰がこんな不要なものを設置したのか……」

「金儲け業者がつるんで設計、施工したのでしょうね」

「そう言われても仕方がないでしょう。元ドクターヘリパイロットの証言では、東京都が所有するヘリコプターのうちでも一番大きいH225という十一トン級の機種でも着陸できそうな構築物になっているようです。おそらく、豊洲市場のヘリポートが実際に使われることは一度もなく、百年後くらいに取り壊されるのではないか……ということです」

「とんでもない話ですね」

「以前、理事長から東京都民をやめた理由を伺いましたが、僕も近々、そうしようかと思っています」

「いいことじゃないですか？　ささやかな抵抗ができるのも自己満足になりますよ。それよりも、廣瀬先生の博学には日頃から恐れ入っているところなのですが、今回の新型コロナウイルス問題も、すでに勉強済みだったわけですね。そうでなければエアドーム式の発熱外来の設置というアイデアも生まれてきませんよね」

「当院には幸いなことにプロ中のプロの医師が二人いますから、あとは外部の役人と公安情報を集めれば、ほぼやるべきことはわかります」

「警察情報ではなく、公安情報なのですね」

「公安というセクションはあらゆる分野にアンテナを張っていますから、誰か、知っている者を探し出せばいいんです」

「でも、その知っている人を探し出すのが大変でしょう」

「そのためにキャリアの幹部がいるんですよ。警視正以上の幹部であれば、誰が何の情報を持っているかを知っていますからね」

「そこがキャリア官僚を抱えている利点なんですね」

「公安部にはキャリアの警視正以上は五人いますからね。誰かに聞けば済むことです」

「でも、キャリアだと二年くらいでどんどん変わってしまいますでしょう？」

「キャリアの年次表を見れば、だいたい誰ができるか……はわかります」

「怖い世界だな」

「毎年二十人位のキャリアが入庁しますが、実務に強い人は半分にも満たないのが実情ですね。これは警察だけでなく、どの省庁や企業も一緒だと思いますよ。国会議員の中にも官僚上がりの変な議員はたくさんいますからね」

「確かにそうですね。キャリアも向いていなかったのでしょうが、さらに最も向いていない分野に進出してクビになってしまった国会議員が続きましたからね。ところでキャリアとうまく付き合う方法ってあるんですか？」

「キャリアの中でも、本当に優秀な人は威張らないものなのですよ。さらに情報を求める人は最低でも二次情報までしか信用しません。そうなると情報を入手した者から階級関係なく直接聞こうとするものなんです」

「情報を入手できなければどうしようもない……ということですね」

「まあ、前提条件ではありますけど」

廣瀬の答えに住吉理事長が大笑いをして言った。

「みんな、その求める情報を取ることができないんですよ」

「危機管理の基本と同じで、利用する人の立場に立てばいいだけのことです」

廣瀬は平然と答えた。

その時、廣瀬の院内ピッチが鳴り、短いやりとりを終えると、住吉理事長に報告した。

「今からドクターヘリによる緊急搬送があります。が、近隣の工場で火災が発生しているようです」

「このあたりは化学工場が多いですからね。大事に至らなければいいのですが……」

「現在、風向きは反対のようで煙はこちらには向いていないようですが、病棟の危機管理担当者が病棟の窓を閉めるように院内放送して、確認の指示を出したようです」

「適切な対応です。院内刑事の前澤真美子さんでしたっけ。優秀な方のようですね」

「外来担当の牛島君同様、神奈川県警にとっては大きな損失だったかもしれません。二人とも適応能力が素晴らしいですし、彼らの持って生まれた人間性もあるのでしょうが、人間関係の構築力も文句なしです」

「私もその話は各部署から報告を受けています。さすがに廣瀬先生が選んだ方だけのことはある……とね」

「とんでもないことです。それよりも近隣の火事のことが気になります。コントロールルームに足を運んでおこうと思います」

廣瀬が立ち上がろうとすると、住吉理事長が訊ねた。

「ところで、噂をすればなんとか……で、これからやってくるドクターヘリの患者の、診療科目はどこですか？」

「新生児科だそうです」

「新生児科も有名になってきたようですね」

「スタッフは充実しています」

「新生児科は常時当直体制が整っていますから、他県の救急にも次第に名前が通ってしまっているようですね」

「しかし、新生児科は結構手一杯なんですよね」

廣瀬が言うと住吉理事長も頷きながら答えた。

「今回も問題を起こしそうですからね……そうか……緊急搬送を最も減らしたい分野でしたね」

「しかし、医局が受けたのですから、一般的には難しい案件なのかもしれませんね」

住吉理事長が腕組みをして言った。

「医長とも今後のことを話し合う時期かもしれませんね」

廣瀬は頷きながら席を立った。

「その件は理事長にお任せします。僕はドクターヘリの迎え入れを確認してきます」

「よろしくお願いします」

廣瀬はコントロールルームに入って屋上ヘリポートのモニター画像を確認しながら気象情報を確認していた。

「風が舞っているな……」

コントロールルームは院内の機械による危機管理全般とヘリポートの管制塔を兼ね

た部屋だった。コントロールルーム責任者である田畑智治《たばたともはる》課長が大型モニターに示された地図を示して説明した。

「屋上ヘリポートの受け入れ態勢は整っておりますが……現在、この場所で火災が発生し、警察、消防と報道ヘリが出航しているため、羽田の管制塔から現場を迂回するコースをとるよう指示が出ております。当院とは直線距離で二キロメートルちょうどです」

「近いですね……しかも迂回コースか……火災の煙の影響が出なければいいんだが」

廣瀬が呟くように言った。

ヘリコプターの着陸には向かい風に正対して降りる進入方向と進入勾配を計算しなければならない。

風向、風力ともに不規則で、今では煙が病院方向に流れていた。

「廣瀬先生、このままでは屋上のヘリポートの着陸が困難になりそうなのですが、まだ実際に使用したことがない地上の第二ヘリポートを使用することは可能でしょうか」

「原則的は地上よりも屋上のヘリポートの方が騒音的にも、患者のプライバシー保護、移動等の負担もはるかに軽いんだけどね。今回はやむを得ませんね、第二ヘリポートを使用しましょう。屋上のヘリポートの進入角指示灯を消して、至急、煙対策と着陸地点確認の照明の点検を行ってください」

進入角指示灯はヘリコプターのパイロットに対して着陸時に安全な高度を正確に知らせるための装置である。これがなければ着陸帯直上から垂直降下着陸を選択してしまうこともあるのだ。

廣瀬は屋上のヘリポートでスタンバイしていたスタッフをオペ室に戻し、オペ室の別のメンバーを第二ヘリポートに向かわせた。

「到着五分前です」

廣瀬はコントロールルームの計器の数値を確認して第二ヘリポートに向かった。途中、オペ室に向かうエレベーターのスタンバイを確認してから、緊急用出入口から外に出た。

第二ヘリポートの周囲には火災による煙がうっすらとただよっており、風の動きが煙の濃淡と時折見せるつむじ風で目に見えるようだった。

廣瀬の院内ピッチが鳴った。

「一分前です。照明を付けます」

「了解」

綺麗に刈られた緑色の芝生の真ん中、白く縁取りされた青色のスクエアーの中に白十字が照らし出された。ヘリポートの周囲の赤いランプが点灯し、正方形の頂点四ヵ所は特に明るく点滅を開始した。さらにヘリポートの中央に描かれた赤い「H」の文字が明るく照らし出された。また病棟の外部に設置された六基のサーチライトがヘリポートを照らした。ヘリポートから廣瀬が立っている病棟の入り口まで、緑の芝生の中に赤く塗色されたアンツーカーの搬送路が美しかった。

「日頃の点検が功を奏しましたね」

廣瀬の隣にいた新生児科の酒井《さかい》医長に言うと、酒井医長は頷きながら答えた。

「こうやって間近で見るとヘリポートは美しいものですね」

廣瀬が微笑んでふと周囲を見ると病棟に入院している多くの患者も窓際から、初めて目《ま》の当たりにするこの光景を眺めているのがわかった。間もなくヘリコプターのローター音が聞こえてきた。

「通常ならば、ヘリコプターから降ろされる医療機器と患者が乗ったストレッチャーや医療関係者を囲む移動式のテントも付けるのですが、今回は間に合いませんでした。プライバシー保護と雨天対策も兼ねたものなのですけどね」

「危機管理という立場はそういうことも考えなければならないのですね」

「患者の生命身体が第一ですが、医療関係者を含めたプライバシー保護も重要なのですよ。これがVIPであれば、世界の政治経済に大きな影響を及ぼすことにもなりますからね」

「なるほど……医療とは深いものなのですね。肝心の医者がそれを忘れてはいけませんでした」

統一規格に塗装されたドクターヘリが着陸態勢に入ると、ローター音を響かせて機体は見事に定位置にランディングした。

ローターが停止するのを待って院内からスタッフがヘリに向かって駆け寄った。これとほぼ同時にヘリコプターのドアが開いた。

ヘリコプターから降ろされたストレッチャーの上には新生児が入った、人工呼吸器やモニターに囲まれたガラスケースのようなユニットが乗せられていて、それを二人の看護師が支えていた。その後ろには心配気に紅潮した顔つきの母親らしき女性が大きな荷物を手にして続いていた。川崎殿町病院のスタッフが母親らしい女性の荷物を受け取り、持田奈央子が女性の肩を抱いて何やら語りかけていた。すると思わぬことが起こった。

病棟の窓が次々に開き、そこから入院患者が口々に激励の声を掛け始めたのだ。

「大丈夫だよ」「ここなら大丈夫」「早く元気になって」

その中には小児科病棟の子どもの声もあった。思わず母親が声の主に向かって頭を下げ、手を振りながらストレッチャー上の赤ん坊に声を掛けていた。

酒井医長が上気した顔つきで言った。

「屋上のヘリポートでは見ることができない光景ですね」

廣瀬は初めて目にした光景を前に、二、三度頷きながら黙っていた。

廣瀬の目の前を静かにストレッチャーが移動した。持田奈央子が廣瀬の顔を見て会釈し、母親らしき女性を優しく抱きかかえながらオペ室用のエレベーターに乗り込んだ。

新生児科のオペは直ちに開始された。ドクターヘリに同乗してきた医師は本人の希望もあり、オペ室上部に設置されている見学室で手術を見学した後、再びドクターヘリで静岡県内の病院に帰っていった。

手術は成功し、二週間の経過観察を行った後に当初入院した静岡県内の病院に戻ることも可能だったが、両親の強い要望もあって、当分の間、川崎殿町病院で治療にあたることになった。この時、母親は、

「川崎殿町病院の皆様には感謝の言葉以外、何もありません。手術の成功は何よりですが、それよりも私が感動したのは、ヘリコプターで到着して病院に入る時、たくさんの病院関係者や入院患者さんから声援を受けたことでした。不安でいっぱいだった私の心のどこかに明るい光が宿ったような気がしたのです。そして、その思いが息子にも届いたのか、手術にも成功し、その後も順調に治癒しているのです。本当にこの病院に運ばれてよかったと思っています」

と、酒井新生児科医長に告げた。酒井医長も初めて使用された第二ヘリポートで起こった想定外の出来事に感動したことを母親に伝えると、母親は改めて感激の涙を流したと住吉理事長と廣瀬に伝えた。

「決してパフォーマンスというわけではなかったのだが、ヘリポートの存在は患者にも勇気を与えるものなんだということを、初めて実感しましたよ。VIP棟の患者からも同様の意見を聞きましたよ」

住吉理事長が応えると、廣瀬も言った。

「緊急着陸だったのですけどね。ドクターヘリのパイロットも、やはり第二ヘリポートの方が降りやすかったと言っていました。そして何よりも上空から見ると光に照らされた第二ヘリポートは実に美しいそうです」

廣瀬の言葉を聞いた住吉理事長は満足げに頷いて言った。

「福岡の病院にも、同じ第二ヘリポートを建設するかな。大型クルーズ船から直接病院に搬送することもできるんじゃないかと思ってね」

「入国審査の問題もありますが、確かに周辺に高層マンションが建ち始めたようですからね。土地も広いし、いいかもしれません」

「福岡は航空法も変わったらしく、急に都市計画が始まり、高層建築物ラッシュが進んでいるんです」

「福岡市は空港が市街地に近いですからね、高層建築ができなかったようですね」

「そうなんです。あんな便利で魅力的な都市は福岡市以外にはありません。近く、福岡市の近郊にホスピス専門病院を創ろうと思っています」

「ホスピス……ですか？」

廣瀬が驚いた声を出した。これを見た住吉理事長が笑顔を見せて言った。

「博識の廣瀬先生だから、病院を英語でホスピタルというけど、その語源がホスピス(hospice)であると言われているのはご存じですよね」

「えっ、全く知りませんでした。ホスピスの方が先だったのですか？」

「廣瀬先生がご存じなかった……というのは私にとっては、ちょっと嬉しいことですね。ついでに言えば、献身的というホスピタリティもまたホスピスが語源なのですよ」

住吉が本当に嬉しそうに言った。

ホスピスは終末期ケアを行う施設のことであるが、元々は中世ヨーロッパで、旅の巡礼者を休ませた小さな施設や教会のことを言った。この巡礼者が、病《やまい》や不調を得た場合にケアや看病をしたことから、看護収容施設全般をホスピスと呼ぶようになった。このため、そこでのケアやもてなしを「ホスピタリティ（hospitality）」と称するようになり、これが今日の病院を指す「ホスピタル（hospital）」となったと言われている。

「理事長はどのような形のホスピスを目指していらっしゃるのですか？」

「歴史的な経緯からホスピスの背景には宗教があります。しかし、私は一つの宗教を持ち込むのではなく、排他的ではない形で、あらゆる宗教をホスピタリティの基本に置きたいと思っています。そして完全独立型、つまり、他の診療科を持たない、緩和医療に特化した施設にしたいのです」

「完全独立型は理解できます。しかし、排他的ではない宗教……これはなかなか難しい問題ですね。仏教でも排他的な宗派もありますし、キリスト教やイスラム教でも原理主義はほとんどが排他的です」

「ですから、入所希望者にあらかじめこれを伝えた上で受け入れるのです。宗教は一般的に内心の自由という基本的人権の中でも最も擁護されなければならないものです。だからと言ってこれを無制限に認めているからこそ戦争が起こるのです。ホスピスという心の平穏を求める場所で排他的な宗教活動を行われることを許す必要はないと考えています。入所を希望される方には、世の中に何もかも自由な場所はないことを、人生のターミナル、つまり終末期にしっかり理解して、他の宗教も受け入れる寛容さを持って逝っていただきたいのです」

「なるほど……そうなると、職員の求人条件も大変ですね」

「少々の訴訟も覚悟しなければなりませんね」

住吉理事長は笑いながら言って、話を続けた。

「なにしろ、職業選択の自由と信教の自由を天秤にかけるのですから。でも、ホスピス・ケアには医師や看護師に加えて歯科衛生士、様々な療法士などの医療職や医療ソーシャルワーカー、ヘルパーなどの福祉職と、スピリチュアルケアを担当する宗教家も必要です。この方々が全て施設の運営方針を理解してくれなければ、私が求めるhospitality はできないと思うのです」

「そうなると、多くのホスピス施設が活用しているボランティア活動を使うのは難しいですね」

「ホスピスに中途半端な考えで参加してもらう事を私は望んでいません。本当のプロ集団でなければならないと考えています」

「なんだか、ドクターヘリのパイロットを採用した時のことを思い出しますね。全員が自衛隊の中央即応集団出身者、その上十年以上の経験者ですからね」

「自己に厳しいプロでなければなりませんからね。最終面接をしていただいた廣瀬先生も相当悩まれていましたからね」

「理事長の本気度がよくわかりました。ホスピスに関しては改めて、ゆっくり話し合いましょう」

「楽しみにしています」

第四章　パンデミック

一月十日、WHOは全ての国々に新型コロナウイルスへの対処について「技術的指針」を送付し、感染が疑われる患者を特定、検査、管理する方法について助言を行った。WHOは、当時のエビデンスは「人から人への感染はなく、あったとしても限定的」であると分析していた。これはこの新型コロナウイルスの発生源である中国からの報告を何一つ裏付けをとることなく、中国政府の言いなりに、そのまま報告していたに過ぎなかった。

一月十六日に国内で最初の感染者が確認されて以降、横浜港の大型クルーズ船の乗客、乗員について、新型コロナウイルスに関する検査結果が連日公表される中、国内でもじわじわと感染者の広がりが確認されていた。

「今年の中国の春節は一月二十五日の土曜日で、休みの期間は一月二十四日から二月二日までだったようですが、すでにこの間、今回の新型コロナウイルスの発生源となった武漢からだけで成田空港に一万人を超える観光客が入っていたようです」

　廣瀬が住吉理事長に伝えると、住吉理事長も憮然とした顔つきで答えた。

「一月末にイタリアで感染者が確認されて以来、二月下旬にはミラノ近郊の町で集団感染が発覚し、その後北部を中心に感染が急拡大したわけですからね。イタリアコロナ危機の背景に『中国人歴史的大移動』があったのは確かでしょう。中でもミラノはイタリアにおける中国人の首都とも言われているし、イタリアのコロナ感染の悲劇は中国依存のツケと言っていいでしょうな」

「疲弊していたイタリア経済は、中国が主張する『一帯一路』に活路を求めた、G7から唯一の参加国家ですからね」

「北部イタリアの感染はすぐにスイスに広がることは明らかなのに、スイスもまだ新型コロナの情報を得ていないのか、交通を遮断していないのが気になります。世界で最も好きな国だけに、この対応のミスは後悔を残すことになりますね」

　住吉理事長が顔色を曇らせて言った。

　イタリアでは、ベルガモのある北部ロンバルディア州を中心に、二月下旬から感染者が急増し、集中治療室がパンクしたり、医療従事者にも感染が広がって在宅医療が機能しなくなったりするなど、医療システムが危機的な状況に陥っていた。

三月八日に同州全域など同国北部一帯のロックダウン（都市封鎖）に踏み切り、十日には全土を封鎖した。

「ようやく今頃になってＷＨＯは新型コロナウイルスのパンデミック宣言を行ったが、ＷＨＯによれば、この時点の感染者は、わずか四ヵ国が九〇パーセントを占めており、五十七ヵ国が十人以下、八十一ヵ国がゼロだった……などと、すっ呆けたことを平気で言っている」

「ＷＨＯは中国の顔色を窺いながらしか、数字の発表をできない組織ですからね。ＷＨＯが言うことは、あらゆる面で真に受けない方がいいと思います。日本国内もこれから増えてくるでしょうね」

「感染者よりも死者がどれくらい出るか……が問題だと思うんだけど、以前、廣瀬先生がおっしゃっていた人種的に黄色人種には効きにくいが白人には有効なウイルスということを考えれば、アメリカやヨーロッパほどのパンデミックにはならないのでしょうね」

その後、イタリアの死者が中国を上回った。

日本でも感染者が増加し四月七日、七都府県に緊急事態宣言が出され、それからほぼ十日遅れて緊急事態宣言が全国的に発令された。

その間に、アメリカ合衆国の死者がイタリアを上回って世界最多になった。

「政府の対応が遅れたことは否めませんね。私も政府関係者に忠告したんですけど、中国への遠慮があったのは確かですね。習近平《しゅうきんぺい》を国賓として呼んでいたことが背景にあったのでしょうね」

「東京オリンピックも背景にあったのは確かでしょう。東京都の対応が遅れたのもそのせいだと思います」

「都知事は選挙も控えていますからね……いずれにしても、日本という国が感染症に国を挙げて対策を取るのは日清戦争以来のことですから、何事も後手後手になってしまうのでしょう」

「日清戦争ですか……後藤新平ですよね。かれこれ百二十五年も前のことになりますが……」

廣瀬が言うと、住吉理事長が感慨深そうに答えた。

「後藤新平を、その計画の規模の大きさから『大風呂敷』とあだ名された、植民地経営者という人もいるが、こと、感染症対策に関しては『世界でも前例のない大規模検疫事業の責任者を務めた人物』と認められていると思います。東京市長、今の東京都知事をも務めた人物ですからね」

後藤新平は、愛知医学校（現・名古屋大学医学部）の医者となり、そこでめざましく昇進し二十四歳で学校長兼病院長となり、病院に関わる事務に当たっている。またこの間、岐阜で遊説《ゆうぜい》中に暴漢に刺され負傷した板垣退助を診察している。この際、後藤は「閣下、御本懐でございましょう」と言ったと伝えられ、後藤の診察を受けた後、板垣は「彼を政治家にできないのが残念だ」と口にしたという。

「幕末から明治にかけて、日本をリードしてきたのは若い人たちだったが、その後を継いだ人たちも人物の登用には優れていたんだね。その点で後藤新平は人との出会いに恵まれていた人物だろうね」

内務省衛生局員時代に局次長として上司だった陸軍省医務局長兼大本営野戦衛生長官の石黒忠悳《いしぐろただのり》が、後藤を陸軍次官兼軍務局長の児玉源太郎《こだまげんたろう》に推薦したことによって、明治二十八年（一八九五年）四月一日、日清戦争の帰還兵に対する検疫業務を行う臨時陸軍検疫部事務官長に、三十七歳の若さで抜擢された。後藤は、コレラなどの伝染病がまん延する中国から帰国した二十三万人以上の兵士に対し、広島・宇品港似島《にのしま》（似島検疫所）で検疫業務に従事。その手腕により、臨時陸軍検疫部長として上司だった児玉の信頼を得ることになった。

後藤はたった二ヵ月で、国内に三つの大規模な検疫所を建設、自ら検疫における注意事項を指導しながら、三ヵ月間で六百八十七隻二十三万二三四六人を検疫、コレラ感染者三百六十九人、疑似コレラ三百十三人、腸チフス百二十六人などを隔離し感染拡大を阻止したのだった。この際、検疫所を置かれた地元の反発を抑えるため、オープンの前日、広島県の似島検疫所を一般公開している。この時、一般の人々を宇品港から四キロ先の似島まで小船でピストン輸送、施設を見学させ、検疫の方法やその安全性を説明したという。この一般公開はスタッフの予行演習も兼ねていた。一日で千八百人が見学し、参加者は、炭疽菌、結核菌、コレラ菌の発見者で、ルイ・パスツールとともに「近代細菌学の開祖」とされるハインリヒ・ヘルマン・ロベルト・コッホの薫陶を受けた北里柴三郎に消毒汽缶の効能試験を依頼して完成した最先端の施設に驚嘆したと記録されている。

廣瀬は当時のことに思いを馳せ、今回の大型クルーズへの対応に右往左往した政治家や官僚の姿を重ねながら、ため息交じりに言った。

「こんな時こそ政治家の資質が試されるのでしょうが、どうも、日本は外交だけでなく危機管理の面でも遅れていますね」

「その点で唯一救いだったのは自衛隊の存在と、その初動だったでしょうね。今回、新型コロナウイルスに先頭を切って対処したのは自衛隊中央病院とＤＭＡＴでしたからね。そして、もっとも危険でもっとも重要な感染症対応の要《かなめ》とされたのは自衛隊だったわけですから。しかも、一人の感染者も出していない」

「自衛隊という憲法上でも不安定な立場の組織が、国難の最後の砦になるわけですからね。もうちょっとアピールしてもいいかと思います」

「そのとおりですね。うちの系列病院からもＤＭＡＴで二個チームが出動していますけどね。救いのない話ばかりではこの先が心配でたまらないので、やはり政治がリードしてくれなければ困ります」

政府のさまざまな委員を務めている住吉理事長がうんざりした顔つきで言ったため、廣瀬が頷きながら答えた。

「その点でＳＡＲＳとの闘いを経験した中国や韓国はその後の対処が早かった……ということでしょう」

「中国は人権がない国ですから、何の前触れもなくロックダウンをするような、民主主義国家では考えられないことでもできますが。韓国の動きも、近年まれにみる迅速なものでしたね。ＳＡＲＳと闘ったこともあるでしょうが、北との関係で、対空襲の訓練を行っていることもあって国民が素直に反応できたのでしょう。見習うべきところは見習うべきだと思います」

「当院の診療科目に感染症を置き著名な専門医を二人迎えたのも、感染症の恐ろしさを理事長が理解されていたからだと思います」

「それに廣瀬先生が対応されて、オウム事件の時の地下鉄サリン事件を教訓としてエアドーム式の診察システムを導入されていたのには頭が下がりました。今回、ようやく日の目を見ることになりそうですね」

「あれはたまたま、横浜港の赤レンガ倉庫前広場で行われたイベントの時に余ったものがあったので、購入しておいただけです。院内のイベントにも何度か使いましたが、本当に、ようやく本来の目的として活用することになります」

「二時間足らずで、新たな感染症専門の隔離診察室ができるのですからね。大したものだと思いますよ」

「中の設計は判田医長の手によるもので、チームとして最も活動しやすい設計になっているそうです。畑瀬先生も検証をした時に感激されておりました」

「それから、ロンドン風の二階がオープンになっているバスを買ったのも正解ですね」

「あれも使い道がなくなっていたものを安く買ったんです。小児科病棟の子どたちをたまに外に出すときに、みんなが喜びますから」

廣瀬の笑顔を見て住吉理事長がポツリと言った。

「準備は整った……ということですね」

「はい。都内、神奈川県内の病院が感染者収容のキャパを超えそうだということです。また、いくつかの病院で院内感染も発生しているようで、知事部局から当院でも受け入れ要請の打診がありました」

「止むを得ないだろうね。すでに発熱外来の準備はできているし、感染者が出た場合の訓練も十分にできているんだが、院内での集団感染だけは絶対に阻止しなければならない」

院内感染の定義は、病院滞在中に感染した疾患で、発症は病院滞在中の場合も退院後の場合もあり、病院内という環境がなければ発生し得ない感染症のことをいう。院内感染の対象者は、入院患者、外来患者の別を問わず、見舞い人、訪問者、医師、看護師、医療従事者、そのほかの職員、さらに院外関連企業の職員や実習生も含まれる。

「ＰＣＲのキットはどれくらいありますか？」

「現時点で一万五千です」

「解析装置も成田から移動済みでしたね」

「稼働確認も終わっています」

「院内パニックにならないように、入通院患者さんにも周知しなければなりませんね」

「職員もいよいよか……という気持ちになると思います。知事部局への正式回答は理事長からお願いします」

「明日、朝イチでやりましょう。市の救急隊にも搬送場所を周知徹底させておく必要がありますね」

「すでに横浜と川崎市消防局に対しては受け入れ時の搬送場所は通知しておりますが、それ以外には搬送打診があった段階で改めて告知するようにいたします」

「それにしても、今回の新型コロナ対策を定めた改正新型インフルエンザ等対策特別措置法で、知事に強い権限が与えられているという点で、知事だけでなく地方自治体にも相当ひずみが出ているようですね」

「緊急事態宣言は首相の権限ですが、宣言に伴う外出自粛要請や施設の使用制限等は知事の役割と規定されていますからね。休業要請の範囲も知事が判断しなければならないわけですね」

「感染症は地域ごとに流行状況が異なるため全国一律の対応が難しいのはわかります

が、知事に広い裁量が与えられた分だけ、知事の力量の差が顕著になってくるでしょうね。住民にとっては、自分たちが選んだ知事を情けない思いで見る地域も出てくるわけで、地方分権を声高《こわだか》に叫んでいる人が、今回のような艱難《かんなん》に実際に対応できるのか……自らの責任として見つめ直すいい機会になるでしょうね。特にうちの場合には知事だけでなく、政令市は保健所を所管し、新型コロナ対応の最前線となるわけです。ここもまた力量が如実に表れてしまいますよ」

住吉理事長にしては珍しく行政への批判ともとれる発言だった。

「原稿棒読みの首相と直接選挙で選んだ知事のメッセージ発信では、市民は知事の言葉に地域の安全と住民の生命身体に対する姿勢を感じることでしょう。それにしても、今回、ロックダウンやソーシャルディスタンスの他、ステイホームからウィズコロナ、クラスターやオーバーシュート等、国、地方行政の発表では横文字を使った表記が非常に多いですね」

「学者の受け売り的な部分も多いのだろうけど、日本の防衛大臣が言っているように一番被害に遭いやすい老人にわかりやすい言葉を使ってやるべきだね。うちの病院は日本語併記でお願いしますよ。昨日、赤坂の医事課の職員に『三密』について聞いたら、『あんみつ、壇蜜、金子みつ』と答えやがったから、三日間の出勤停止にしてやりましたよ。病院職員として危機感がないんですよね」

「アハハ！　金子みつ氏は思想は違いますが、看護協会会長として看護師の地位向上に努めた人ですからね。その医事課の職員は案外、頭がいい人間かもしれませんけどね。答えた相手と、タイミングが悪かったですね」

「それはそれとして、エアドームはいつから運用開始できますか？」

「明日にも運用できます。すでにスタッフ会議は終えていますし、四部制のローテーションを組む予定です。しばらくの間、子どもたちのスモールピクニックはできませんが、二階建てバスはお国のために使いましょう」

「編成はＤＭＡＴと同じですか？」

「運転担当がキット運搬担当になるだけですね。その間に大規模事故や災害等が起きないことを祈るだけです」

「確かに……羽田で何かあれば第一次受け入れは当院になりますからね。それに、このところ毎年のように豪雨災害があちこちで発生しています。ドクターヘリの要請も考えておかなければなりません。先般のように近隣で火災が発生した場合の屋上ヘリポートの安全対策も十分な配意が必要です」

「前回は屋上ヘリポートでもよかったのですが、赤ちゃんが保育器の中に入っている状況でしたので、なるべく垂直降下を避けたかっただけのことなんです」

「それが結果的によかったわけで、多くの患者さんが喜んでくれたみたいですよ。上層階から見る、光に映し出された第二ヘリポートはなかなか評判が良かったようですし、なにより『勇気を与えてくれた』という感想が多かったようです。病棟勤務から救急外来を希望する看護師まで出てきたそうですからね」

「しかし、明日から白いエアドームが二基並ぶ光景はどう映ることか……ですね」

「芝生の中に赤い二階建てバスと白いエアドームですから、絵的には悪くないでしょう。隔離が必要な入院患者が出た場合にはドーム廊下の中を通るわけで、外からは一切見えませんからね」

「撮影は禁止の措置を取っていますし、マスコミのヘリも上空を飛ぶことは禁じられています。ＶＩＰが感染しないことを祈りましょう」

「新型コロナウイルスの感染ＶＩＰは、全て戸山《とやま》に運んでもらいますよ」

住吉理事長が決まりごとのように言った。

住吉理事長が言った戸山というのは新宿《しんじゅく》区戸山にある国立国際医療研究センターのことで、新型コロナウイルス感染者のうち、特に重篤《じゅうとく》な患者が搬送されていた。

「それなら安心しました。いくらスタッフがととのっているとはいえ、いまだ経験をしたことがない事案ですから、どこまでも悲観的に準備しておく必要がありますから」

「なるほど。悲観的な準備があってこそ、現場の者は安心して仕事ができるというものです。明日、どれくらいの患者が来るのか、保健所とも相談しながら進めましょう」

「問題は救急隊です。こちらも発熱のある者の受け入れは慎重に行う必要があります。医療危機を招かないためにも、厳重な申し入れをしておきます」

二日後、住吉理事長が廣瀬を川崎殿町病院二十二階の第二理事長応接室に呼んだ。

「そろそろ、うちも動かざるを得ない状況になってきました。ここまで感染者が増えながら、これまで当院で感染者が確認されなかったことさえ奇跡に近いことだったかもしれません」

「準備はいつでもできております」

「明日からでも大丈夫ですか？」

「はい。十分なトレーニングを積んでおりますし、防護衣、医療用マスクも十分に確保しております」

「わかりました。それでは準備を進めて下さい。入院中の患者さんにも伝えていますね」

「はい。逆に受け入れてもらいたい……旨のご意見もいただいております。当院が信用されている証だと思います」

「ではスタンバイをお願いします」

廣瀬は応接室を出ると直ちに緊急外来会議室に新型コロナウイルス対策チームを集めた。

「いよいよ当院も新型コロナウイルスの患者受け入れを開始します。明朝午前六時三十分からエアドーム型発熱外来の設置を開始します」

職員の顔に一瞬、緊張が走った。これを見て廣瀬が言った。

「『すぐやる、必ずやる、できるまでやる』この言葉で業界世界一まで一代でのぼりつめた起業家がいました。私たちも今回の未曾有《みぞう》の艱難に対して、この言葉を合言葉にして臨んでみようではありませんか。巷では医療崩壊という言葉もすでにささやかれています。しかし、どんなに苦しくてもやり遂げなければなりません。常に心にゆとりを持って仕事ができるよう、お互い助け合って仕事に臨んでください」

職員の顔に笑顔が戻った。

「さあ、やりましょう」

「おう！」

病院内で一体感が感じられた初めての瞬間だった。


翌朝、六時三十分にエアドーム型発熱外来の設置が始まった。予《あらかじ》め訓練をしていた十人のスタッフが三十分の作業でエア注入体制を整えた。エアが三分の二入った段階で診療器具等の搬入が始まった。さらに二つのエアドームの裏手には四畳半ほどの家形テントが建てられ、そこにＰＣＲ鑑定機器が搬入された。エアドーム型発熱外来二棟が完成したのは午前八時三十分少し前だった。そしてその横に真っ赤な二階建てバスが到着すると病棟からも拍手と歓声が起こった。スマホで写真を撮っている患者や、患者に頼まれたのだろう、病棟にプライベートのカメラを持ち込むことが禁止されている看護師も何人かが写真を撮っていた。

「とりあえずは患者さんからの理解は得られているようですね」

廣瀬が言うと住吉理事長が頷きながら答えた。

「いい絵面《えづら》になっているのでしょうね。それにしても、この拍手は患者と病院職員との日頃の信頼関係の醸成の結果です。数年かけて築き上げたこの関係は、一つ事故が起これば一瞬に崩壊してしまいます。特に今回の新型コロナウイルス事案に関しては、一切の手抜かりがないよう、よろしくお願いします」

廣瀬は黙って頷いた。

午前九時ちょうどに住吉理事長が知事部局に受け入れ準備完了の電話を入れた。保健所からの第一報はそれから三十分後のことだった。

「鎌倉《かまくら》保健福祉事務所長の西脇《にしわき》と申します。この度は川崎殿町病院さんが受け入れを始めていただいたと聞き、感謝申し上げます。早速ですが感染のおそれがある五名の検査をお願いしたく存じます」

急遽《きゆうきよ》発熱外来の医長を兼務することになった判田医長が電話を取っていた。

「鎌倉から、どういうルートで搬送される予定ですか？」

「葉山《はやま》から山を越えて横須賀《よこすか》に入り、海路で川崎殿町病院近くの桟橋に付ける予定です。そこから川崎保健所の小型バスで病院まで運びます」

「なるほど……宮様ルートですね」

葉山町は現在、神奈川県内に残る六つの郡の一つ、三浦《みうら》郡に属する唯一の自治体である。他に、高座《こうざ》郡も三浦郡同様に属する自治体は寒川《さむかわ》町のみである。

葉山町が有名になったのは一八九四年に皇室の別荘として町内の一色《いっしき》海岸に葉山御

用邸がつくられたためで、この御用邸で大正天皇が崩御し、昭和天皇が践祚《せんそ》した。葉山には御用邸の他にも複数の宮家が別荘を建てたが、富士山を海越しに眺めることができることだけでなく、明治中期には帝国海軍の基地が横須賀に置かれたことも大きな理由の一つだった。このため、葉山から横須賀に抜ける、断層に沿った県道二七号線は警備関係者の間では「宮様ルート」ともいわれている。

「よくご存じで。最短、最速で感染拡大のおそれが最も少ないルートでもあります」

「了解いたしました。こちらはいつでもスタンバイしております」

「ありがとうございます。失礼ですがお名前をお伺いしてよろしいでしょうか？」

「感染症内科兼発熱外来担当の判田誠一郎と申します」

「判田誠一郎先生……もしかしてアメリカの疾病予防管理センターにいらっしゃった判田先生ですか？」

「ずいぶん昔の話です」

「何をおっしゃいますか。私たちの憧れの先生です。そうですか……先生が川崎殿町病院にいらっしゃったのですか」

　電話の向こうでは保険所長が涙声になっていた。二人の会話をオンフックのスピーカーで聞いていた廣瀬は、保険所長の心中を察していた。

電話が切れた後、廣瀬がポツリと言った。

「地獄に仏……というのが今の保険所長の偽らざる気持ちだったのでしょうね」

「いやいや、今の保健所はどこもパニックだと思いますよ。あまりにも仕事が多すぎる中での、この新型コロナウイルス騒動ですから」

判田は話題をそらしたが、それだけに判田というエキスパートの存在は保健所だけでなく、国内の感染症専門医にとっても大きな盾になるはずだった。

「そうですね。保健所の仕事は多すぎますよね。僕もかつて東京都総合病院協会でご一緒した保健所勤務の優秀な医師を知っていますが、彼の感染症に関する分析は実に的確でした。現在は都内のどこかの保健所長になっていると聞いています」

「そう。保健所には優秀な医師も多いんですよ。私としては臨床の世界に戻ってもらいたい人も多いのですけれどね」

「保健所が機能崩壊してしまうと、医療崩壊に直結してしまいますからね。病院では感染者の濃厚接触者などを追うことはできません。都会ならまだしも、これが都会から田舎《いなか》に帰った人を原因とする集団感染でも発生してしまうと、それこそ蜂の巣をついたような大騒ぎになることは必至です。今のうちに保健所に対して相応の対策を取るべきです」

二人の会話を聞いていた住吉理事長が頷きながら言った。

「今度の会議で上申してみましょう。ただし、保健所は、地域住民の健康や衛生を支える公的機関の一つで、地域保健法に基づき都道府県、政令指定都市、中核市、施行時特例市、その他指定された市や特別区が設置するものですから、国がどこまで関与できるのかが問題です」

「報道では全国の保健所の数は行政改革によって、一九九四年の八百四十七からわずか六年間で四百六十九へと、半分近くにまで減少したとも言われています。中規模病院の廃業も増えていますからね」

「わかりました、頭の中に入れておきます。私は一旦本院に戻りますが、後をよろしくお願いいたします」

住吉理事長が廣瀬と判田医長の肩をポンと叩いて席を立った。

その後も立て続けに川崎保健所から電話が入った。

「これがずっと続くんでしょうか？」

「保健所も必死なんですよ。藁《わら》をもつかみたい気持ちでしょう。やると言った以上はこちらも臨戦態勢です」

最初の患者は川崎保健所から依頼が来た五人で、救急隊は当初からの申し入れどおり迷うことなく発熱外来に車をつけた。

手順どおりに最初の患者をエアドームに案内する。廣瀬はこの時、警察学校に入校する直前に起こった地下鉄サリン事件の後に防護服を着てオウム真理教サティアンに突入する警察官の姿を思い出していた。

診察は問診から始まる。通常のフィルム等を張った対応ではなく、電話と透視装置のマイクなどを用いて問診し接触を回避する。次に患者との距離を二メートル保ちながら、患者の風上に位置して、患者の息づかいや咳《せき》の仕方などで新型コロナウイルス肺炎が疑われる場合、酸素飽和度はビニール袋をつけたパルスオキシメータで測定。体温、血圧、脈拍、呼吸数を確認するバイタルチェックののちにＰＣＲ検査を行うことになる。ＰＣＲ検査の結果を待つ間は院内の感染症専門病棟の個室で結果を待ち、陽性の判断から入院が決まるとその個室がそのまま当該患者の病室に変わるのだった。入院の判断を行うのに最も重要なのがレントゲン撮影だった。両側性かつ末梢中心の間質性肺炎像を撮っておくことがあらかじめレントゲン技師に指示されていた。レントゲン写真は全てパソコンに転送される。ここで異常が認められた場合には院内の感染症専門病棟地下一階にてＣＴ撮影を行う。これは院内感染防止が担保でき、Ｃ

T撮影を終えると血液検査になる。血算、生化学検査、フェリチン、CRPは必ず行う。

五人目の検査で初めての陽性患者が出た。横浜市在住の七十歳の男性だった。救急隊との申し合わせでは重症患者は国立もしくは県立病院に搬送することになっていたが、医師による問診段階で既に重症化しているおそれがあるとの報告だった。

発熱外来の医師から廣瀬に電話が入った。

「廣瀬先生、しょっぱなから重症化の可能性がある患者がでました」

「どのくらいのレベルですか？」

「年齢的にも症状的にも人工呼吸器を付ける必要があります」

「エクモまではしなくていいのですか？」

「準備は必要かと思います。三年前に肺炎を起こし、その後も喫煙を続けていたようです」

「救急隊にも困ったものだな。エクモのスタッフをスタンバイさせておきましょう」

エクモ（ECMO：Extra Corporeal Membrane Oxygenation）は、肺炎、ARDSなどの重症呼吸不全、急性心筋梗塞、急性心筋炎などの循環不全により瀕死の状態にある患者に対して、呼吸・循環をサポートする目的で使用される体外循環装置である。

エクモが他の人工呼吸器と異なるのは、人工呼吸器が肺の機能を「補助」するもので、肺に酸素を入れ、患者の自らの力で肺から血管へと酸素を送り込む、初期の患者に使われる機器である。これに比べ、エクモは英語表記の翻訳どおり「体外式膜型人工肺による酸素化」であり、機械が肺の機能を「代替」するもので、血管の中に直接酸素を入れる装置である。つまり、エクモで血液が循環している限り、肺が止まって呼吸をしていなくても生きることができるため、肺の機能を使うことが難しい重篤な患者の肺にかかる負担を軽くして機能の回復を図るために用いられるのである。エクモの使用期間は患者の身体への負担が大きいため、二～四週間と言われている。

またエクモを使用するには熟練したスタッフが必要なことのほかに、患者一人当たり医師四、五人、看護師十人以上、臨床工学技士二、三人の、合わせて二十人程度のスタッフが必要となる。これは二十四時間体制でデータチェックなど絶えず管理する必要があるためである。

「半日で五名が入院、そのうち一名は重症化の可能性が極めて高いようです」

午後一時に廣瀬が住吉理事長に報告を入れた。

「重症化患者が早速入院ですか……エクモも必要になるのでしょうか」

「スタンバイはしております。呼吸器科の患者も二名専用ICUで使用していますから、空きは二台になります」

「全国で千四百台しかないエクモのうち、五台が当院にあるのだけれど、五台を使うと百人以上のスタッフが必要だからね。横浜市立病院にも早めの手配を伝えておいた方がよさそうですね」

「確かにそのとおりなのですが、移転したばかりの横浜市民病院も、まさか新型コロナウイルスが発生するとは想定していなかったようで、エクモも五、六台しか準備していないようです。神奈川県内でも五十台そこそこしかないわけですから……」

「そうだろうね。うちにエクモが五台あるだけで驚かれるようじゃ困るんだけどね」

「東京と成田、福岡を合わせると、うちのエクモ保有台数は二十五台です。国立国際医療研究センターとほぼ同数ですよ」

「福岡は高齢者向けの設備を充実させたから仕方ないですね。だからといって、あまり私立の病院を自治体に頼られても困るのですけどね。今回、万が一、新型コロナウイルス患者にエクモを使うようなことになったら、国立国際医療研究センターの動向を注視するように伝えて下さい」

「エクモに関してもチームとして十分なトレーニングを行っていますから、万全かと思います。肺炎に伴う合併症対策も常時念頭に置いているようです」

「心強いですね……現場対応をよろしくお願いしますよ」

住吉理事長は満足げな声で電話を切った。

この日、川崎殿町病院に運ばれた新型コロナウイルスに罹患《りかん》したおそれのある患者は二十二人だったが、このうち入院の措置をとったのは五人だった。廣瀬はこの結果を入院患者全員に事務連絡として午後六時に伝えた。

翌日も午前九時の診療開始時間と同時に発熱外来に電話が入った。受け入れ依頼は重篤患者だった。発熱外来の医師は首を傾げながら電話をオンフックの状態にして廣瀬に相談した。

「廣瀬先生、重篤患者の受け入れ要請なのですがいかがいたしますか？」

「どこの保健所ですか？」

「新横浜保健所です」

「電話を複数通話機能でこちらに回してもらえますか？」

川崎殿町病院の電話には複数通話機能が設定されていた。しかも通話の録音機能も同時に備えていた。発熱外来の医師は三人通話の状態にして廣瀬につないだ。電話の相手方は新横浜保健所の職員だった。

「現在、横浜市内の病院で治療中の新型コロナウイルス患者の容態が急変し、この病院で対応が困難になっている旨の連絡がありました。川崎殿町病院への転院を希望しているのですが、お受けいただけませんでしょうか？」

「失礼ながら、当院は特定感染症指定医療機関ではありません。横浜市内には国立病院、公立病院、大学病院もあるじゃないですか。横浜市地域中核病院の独立行政法人国立病院機構新横浜地域医療センターだって特定感染症指定医療機関でしょう。そちらは満床なのですか？　そういう報告は受けておりませんが……」

「確かに特定感染症指定医療機関は横浜市内にもいくつかありますが、専門医がいないというのです」

「国から補助金を受けながら特定感染症指定医療機関として認定されているのでしょう。そういう理屈は通じませんよ。申し訳ありませんが、保健所長だけでなく、横浜市の監督機関ともご相談下さい」

「それでは川崎殿町病院さんは受けていただけないのですね」

「今回はそうなります」

保健所の係員は憮然とした口調で電話を切った。廣瀬の会話を聞いていた発熱外来の医師が内線で訊ねた。

「大丈夫でしょうか？」

「うちの病院に優秀な医師や職員が多いのは、言葉は悪いかもしれませんが企業努力の賜《たまもの》なのです。普通の状況であれば患者さんや、何らかの関係がある病院等からの支援要請を受けるのはやぶさかではありません。しかし、今回のような国難に近い特殊な状況下では、まず、自らを守るのが先決になります。絶対に医療崩壊の状況を生み出してはならないのです。これは危機管理の上でも最も大事なことだと思っています。心を鬼にするわけではありませんが、いつまでも『困った時の川崎殿町病院』では困るのです。役所は役所として、幅広いネットワークを生かしていかなければならない状況を認識するべきです。おそらく今の一件で横浜市からの要請は減ってくるでしょう」

「確かに、応召義務として何でも受け入れる……というのは時代にそぐわないのかもしれませんね」

応召義務は、医師の職にある者が診療行為を求められたときに、正当な事由がなければ、これを拒んではならないとする医師法第十九条で定められた義務のことである。しかし、医療を取り巻く環境の変化から、令和元年に応召の義務の範囲が大幅に狭められ、「応召の義務は医師が国に対して負担する公法上の義務であり、医師の患者に対する私法上の義務ではない」ことが正式に通知された。

「先生がおっしゃる応召義務の定義は昨年、大幅に変わっています。応召義務が公法上の義務であるとするならば、国も医師に対して最低限度の義務を果たさなければならないのです」

「そうだったのですか……」

「そうかと言って、医師や病院も権利を主張してばかりではいけませんし、医療の根底に奉仕の精神があることだけは忘れてはならないことだと思っています。これは日頃の姿勢を評価していただくしかないと思います」

廣瀬は冷静に伝えると、発熱外来の医師も納得した様子で答えた。

「廣瀬先生に相談してよかったです。今後もご指導よろしくお願いします。おっと、また外線が入りました」

「できることはできるだけやっていきましょう」

廣瀬は元気づけるように言って電話を切った。

病棟も大変だった。患者が全て常識のある者とは限らないからだ。彼らには入院時に「……してはならない」という条件を十項目ほど具体的に示していた。しかも、これに反する行為を行った者は即時転院を申し伝えていた。それでも中には常識が通用しない者もいた。

「看護師さん、この病院には売店はないの？」

「申し訳ありませんが、マスクの着用をお願いいたします」

「ああ？　部屋の中でもマスクをしろってか？」

「入院時に注意事項をお渡しして、ご確認していただいたと思いますが」

「ここは病院だろう？　病院の病室の中で、しかも個室でどうしてマスクをしなければいけないわけ？」

「マスクはご自分だけのためでなく、他人に対する思いやりの意味もあります」

「思いやり？　それって、あんた自身に対して……ていうこと？」

「別に当院に入院していただかなくても結構なのですが」

「俺だって好きでここに来たわけじゃねえんだよ。救急車で運ばれたんだからな」

「まず、マスクを着けて下さい」

ホストをしているという二十二歳の男の患者は従う気配がなかった。

「だからあ、この病院には売店はないかと聞いてるんだよ」

「病院にはありますが、この病棟にはございません。申し訳ありませんが」

「意味ねえじゃん。病院内は動けるんだろう?」

「入院時に注意事項をお渡しして、ご確認していただいたと思いますが」

「あんなことまともにできるわけねえじゃん。『部屋から出るな』だろ? 刑務所でもあるまいしさ。ムショでも運動の時間はあるし、モクも吸えるんだぜ」

「あなたはまだ自分が置かれた立場を全く理解されていないのですね」

「新型コロナウイルスに感染している……それだけのことだろう? どこかの大統領だって『風邪と同じ』って言ってたじゃん」

「ではどうして、病院に行かれたのですか?」

「店長に命令されたからだよ。クラスターとかいうのが店内で発生したらしいからな」

これ以上話をすることは無駄だと感じた看護師は、咄嗟に後方に飛びのくと、スライド式の扉を閉めてロックをかけ、職員全員が所持しているピッチの緊急ボタンを押した。男は部屋の扉を内側から叩き始めた。間もなく三人のスタッフが駆けつけてきた。看護師が同僚に状況を伝えると臨場したスタッフも咄嗟の対応に困った様子だった。

「おい、こら、鍵をかけるな。ここを開けろ」

中から男がわめき始めた。そこに廣瀬から電話が入った。状況を臨場したスタッフが告げると数分後に防護衣を身につけた廣瀬がやって来た。

廣瀬は患者の名前を確認すると、室内に向かって言った。

「木村《きむら》さん、扉を開けますから、まずマスクをしてベッドの場所に戻って下さい」

「お前は誰だ」

「この病院の廣瀬というものです」

廣瀬は個室内にある防犯カメラ画像を手にしているタブレット端末で確認しながら言った。

「俺にこんな対応をして、ただで済むと思っているのか？」

「ただ？　あなたから保険適用範囲以外のお金をとるわけではありませんよ。その代わりに入院費用等は国が税金で負担することになっています」

「なんだこの野郎、なめたこと言いやがって」

「別になめているわけじゃありませんよ。あなたがそういう姿勢を貫くというのなら退院させて差し上げますから、マスクをつけてベッドの場所に移動してください。そうしなければ、この扉はいつまで経っても開けることはできませんし、威力業務妨害罪の現行犯人として警察に引き渡すことになりますよ」

「警察？　警察なんかコロナが怖くて近づきゃしねえよ」

「どうしても私の言うことが聞けないのですね」

「うるせえ、早く、ここを出せ。なんなら窓ガラスを割って出てもいいんだぜ」

「割れるものなら割ってみな」

「おお、やってやろうじゃねえか」

男が扉の向こうから部屋の奥に入ったとわかった時、廣瀬は駆けつけていた緊急事態対応スタッフが手にしていたサスマタを受け取ると、扉の鍵を開けて静かに扉を開き、椅子を持ち上げている男の後方から膝の裏側をめがけてサスマタを、槍を突くような形で打ち込んだ。

「ギャー」

という悲鳴と同時に男の膝が崩れ、後頭部から後ろ向きに倒れようとした時、今度はサスマタを男の背後から脇の下あたりに再び打ち込んだ。

男は、声も立てることができずにベッドに顔から倒れこんだ。手にしていた椅子は窓ガラスに当たったが、ガラスは割れることなく、逆に椅子が男の手から離れ、男の背中に当たって床に落ちた。

廣瀬はすかさずサスマタを捻《ね》じって男の腰から脇の下に当ててベッドに制圧し、スタッフが持っていた、警察が泥酔者等の暴れる者を保護する際に用いる保護衣を受け取った。廣瀬の動きはあまりに機敏で、日頃から訓練を積んでいたはずのスタッフも啞然とするほどだった。廣瀬は男の足を摑んでベッドから床に引きずり降ろすと、背中から保護衣をあて、男の両腕を背中に締め上げて保護衣に手を通させた。

男が完全に身動きができない体勢になるまで要した時間は一分そこそこだった。身動きができない男にヘッドバンド式のマスクを装着して廣瀬が男に言った。

「世の中、君が考えているほど甘いものじゃないんだよ。今から君を強制退院させて警察に引き渡すことになる。次に君がいく病院は警察の管理下にある病院だろう」

「病人にこんなことをしてただで済むと思うのか？」

「君の一連の行動は全て防犯カメラで撮影されている。こちらは遠慮なく損害賠償を請求してやるから楽しみに待っていろ。君は今、まだ自覚症状はないようだが、決して、軽い感染ではないことを知っておくべきだ。二十代でもすでに死者は出ている。この病院で治療を受けていればおそらくは完治しただろう、これから死に直面する苦しみを味わってみることだな。君は自ら『運』を手放したんだからな」

男の目に初めて恐怖が浮かんだ様子だった。

「コロナで死んでたまるか……」

男の強がりは弱々しかった。廣瀬が追い打ちをかけるようにさらに言った。

「病院関係者として患者が死なないことを願うのは当然だが、君のように人の迷惑も考えず、『止めろ』と言われていることも無視して感染症を広げることにも平気な輩は、この世の中からいなくなった方がいいのかもしれない」

「なに？」

「君の今の怒り以上に、君をここまで運ぶことになった地元のクリニックの医師や看護師、保健所の担当者、そして救急隊や、この病院で治療に当たった医師、看護師の努力を無にする行為に対して、僕は怒りを感じているんだ。因果応報を味わってくることだな。今度の新型コロナウイルスは後遺症が残る可能性もあるそうだ」

男はうな垂れ始めたが、廣瀬は、

「警察が来るまで、ここでおとなしくしていろ」

と、言って再び扉を閉めて鍵をかけると自室に戻り一一〇番通報をした。

「はい一一〇番です」

「川崎殿町病院危機管理担当の廣瀬と申します。当院に入院中の新型コロナウイルスの感染者が暴行、器物損壊の行為を行いましたので、警察官の派遣をお願いします」

「えっ……新型コロナウイルスの感染者が犯人なのですか？」

「そうです。当院の看護師に対する暴言と椅子を投げて壊す等の行為を行い、すべて防犯カメラで記録しております」

「わかりました……少々お待ちください」

通報を受けた通信指令室の担当官も思いがけない通報にどう対応していいのかわからない様子が受話器越しに伝わってきた。

「電話を替わりました。通信指令官の山本《やまもと》と申します。失礼ながら、川崎殿町病院の危機管理担当の方と伺いましたが、容疑者は新型コロナウイルスの感染者に間違いないのですか？」

「二度のＰＣＲ検査を実施した結果ですので、新型コロナウイルスの感染者に間違いありません」

「警察官を要請されても、運ぶところがないのが実情です」

「はい？　警察庁は新型コロナウイルスの感染者が犯罪を行った場合の対処要領に関して指示を出していないのですか？」

「そういえば、二月中頃に『警察職員等における新型コロナウイルス感染症への対応等について』という警察庁長官官房総務課長通達は出ましたが、捜査に直結するような指示は出ていません」

「留置場で感染者が出た場合の通達もないのですか？」

「そういえば聞いたことがありません」

「では、今回はどうするおつもりですか？　暴行と器物損壊の犯人を現場で預かれ……とは言えませんよね。僕が私人として現行犯逮捕してもよかったのですが、そうなれば速やかに司法警察員に引き渡さなければならないのですよ」

廣瀬の言葉に指令官は言葉を失っていた。

「指令官、同じような案件で一般人から一一〇番が入ったら、どう対応されるつもりなのですか？」

「至急、協議を致しましてご連絡を差し上げます。何分にも警察官に新型コロナウイルスに対する防護服を配付するほどの余裕もないのが現状です」

「それは警察の都合でしょう。市民を守るための最低限度の対応は早急にしておくべきですよね。早急に回答をお願いします」

廣瀬は予想どおりの警察対応を情けなく感じていた。

県警本部から電話が入ったのはそれから四十分後のことだった。

「廣瀬さん。警務部長の藤岡智彦《ふじおかともひこ》でございます」

「警務部長御自《おんみずか》ら何事ですか？」

「地域部長が総務部長に相談して、私のところに相談にきたのです。一一〇番通報から三十分以上もお待たせして申し訳ありません」

「リスポンスタイムの平均時間を大幅に上げてしまいますよ」

リスポンスタイムとは、通信指令室が一一〇番通報を受理し、パトカー等に指令してから警察官が現場に到着するまでの所要時間のことをいう。リスポンスタイムは短ければ短いほどよいわけで、全国のリスポンスタイムの平均は七分二十五秒程度である。

「今回の件は特例扱いでお願いします。確かに警察庁は容疑者や留置人に新型コロナウイルスの感染者が存在することを現時点では想定しておりませんでした」

「相変わらずの役人根性が直っていませんね」

「何を言われても反論できません」

「それで、うちの病院で確保している容疑者はどうするつもりなのですか？」

「現時点では次の収容先に『神奈川警友病院』を指定して交渉中なのですが、警友病院も現時点では、『新型コロナウイルス感染症コールセンター』『帰国者・接触者相談センター』に対応を一任しているだけで、感染者の受け入れには否定的なんです。さらには国内・県内の新型コロナウイルス感染症の拡大に伴い、院内での感染対策強化のため、一般入院患者との面会をも禁止しようとしているほどですから……」

「プロフェッショナルとしての研鑽と常に最高のチーム力で臨んでいるんじゃありませんでしたっけ」

「返す言葉もありません」

「それで、県警としてはどうなさるおつもりなんですか？　なんならマスコミを警察庁に向けましょうか？」

「私も今、長官官房に相談をしているところなんです」

「長官官房総務課長とは同期ですよね」

「はい。ただ長官官房総務課も全国一律の指示を出すことには躊躇《ちゆうちよ》している様子で、対応が遅れている……とのことです」

「でも、現実に発生しているのですから、対応の遅れはそのまま市民生活に重大な影響を及ぼしかねませんよ。現に『俺はコロナだ』と言って脅迫や威力業務妨害をやっている輩もいるそうじゃないですか？」

「確かにそのとおりです」

「藤岡さん。ここは県警ナンバーツーのあなたが判断するしかなさそうですよ」

「今後、留置場内での感染も考えられますので早急に対処いたします」

「警察官が常駐して警備できる病院で感染症病棟を持つところは限られると思います。知事部局を巻き込んだ方がいいかと思いますよ」

「さすがに危機管理の専門家ですね。県警の危機管理もお願いしたいくらいです」

「冗談はともかく、急いで下さいね。それから、院内刑事に就いていただいた牛島さん、前澤さんの御両名は本当によくやって下さっています。さらに人数を増やしてもいいかと考えています」

「これ以上、県警から優秀な人材を奪わないで下さい」

藤岡警務部長が冗談ともつかないような声を出した。

電話を切って二時間後に再び藤岡警務部長から電話が入った。

「大変お待たせいたしました。受け入れ先が決まりましたので、これから刑事部捜査第一課の捜査員が受け取りに参ります」

「所轄は関わらないのですね」

「病院ではなく、医療刑務所を使う許可がでましたので、本部で対応することになりました」

「よく法務省が承知しましたね」

「幸い、隔離病棟が準備されておりましたので、知事部局ではなく、長官官房から大臣官房をとおした要請となりました」

「さすがに官房総務課長が同期だと動きがスムースでしたね」

廣瀬が笑って言うと、藤岡警務部長が答えた。

「確かに奴が同期でなかったら……と、考えるとゾッとしますよ」

「結果オーライでよかったです」


結局、県警が身柄を引き取りに来たのは、廣瀬が警務部長との二度目の電話を切って二時間後のことだった。単独押送《おうそう》用のマイクロバスで運転席との間と窓には鉄格子が設置されて、防弾特殊ガラスがはめ込まれていた。しかも、乗降口の扉は運転席からしか開扉《かいひ》することはできないようになっていた。

車両から降りてきた二人の捜査員が廣瀬に言った。

「逮捕手続きですが、廣瀬さんによる現行犯逮捕……ということでよろしいでしょうか。引致の遅れは事情の特殊性から地検と地裁の了解を得ております」

「それが無難でしょうね。逮捕手続書の作成準備はほぼできておりますので、パソコンにデータをドロップいたしましょう。暴言、器物損壊の動画データもＵＳＢにコピーしておりますのでお持ち帰り下さい」

「さすがにOBですね。ありがたいです。では現行犯人逮捕手続書と任意提出書に署名押印をお願いします。それから参考人供述調書に関しましては、明日、逮捕手続書を確認しながらこちらで作成しておきますのでよろしくお願いします。それから同じく実況見分を致したいと思いますので、部屋は空けたままにしていただくことはできますか？」

「できるだけそのようにいたします」

捜査一課の警部は実に有能だった。犯人引き渡しの手続きを終えると、警部と警部補の二人は防護衣に着替え、感染症病棟の病室に向かった。部屋に入り、警部補が男に対して逮捕する旨を伝えると、男は急に泣き出した。警部補は男の両腕を後ろ手錠にして手際よく腰紐を付けると、護送車に向かった。病棟の出口には運転手と運転補助者が逃走防止の措置を取って待っていた。廣瀬と、その場に駆け付けた牛島がその作業を阿吽《あうん》の呼吸で手伝うと、運転手は素早く運転席に駆けこんで扉を開けた。

警部、犯人、警部補の順で車に乗り込むと、男の腰紐を車内の牽引ロープに固定して逃走ができない措置を取り、警部が一人で車から降りてきた。

「ご協力ありがとうございました」

警部は廣瀬に向かって深々と頭を下げて、廣瀬に正対した時、隣にいた牛島に気付いて驚いた顔つきになって訊ねた。

「あっ、これは牛島先輩。こちらにいらっしゃったのですか」

「去年からお世話になっています。ご面倒をおかけして申し訳ない」

「何をおっしゃいますか。こういう野郎はこちらできっちりと始末をつけますのでご安心下さい」

「よろしく頼むよ。逆恨みなどしないよう、取り調べてくれよ」

「任せて下さい」

警部は廣瀬に対して頭を下げた以上に、牛島に対して深々と頭を下げた後、踵《きびす》を返して護送車に乗り込んだ。

護送車が川崎殿町病院の敷地を出るのを見送った廣瀬は、牛島とふと顔を見合わせて笑いながら、口を開いた。

「さすがに牛島さん。捜査一課の警部も相当緊張していましたね」

「奴はもともと捜査四課だったんですが、マル暴をぶん殴って一課に異動になった強《つわ》者《もの》なんですよ。人事の時に私が処分保留にしてやったのを今でも喜んでくれているんです」

「処分保留はよかったな……」

廣瀬が珍しく声を出して笑った。

第五章　ストーカー

「牛島先生、ちょっとご相談があるのですが……」

外来の院内交番に消化器内科の看護師の柘植《つげ》美里《みさと》が神妙な顔つきで訪れて言った。

院内刑事の牛島隆二《りゅうじ》は日頃からの声掛け運動で、外来の看護師だけでなく、医師からも信頼を得ていた。

「どうしました？」

「ちょっとここでは言いづらいのですが……」

「会議室と喫茶室のどちらがいいですか？」

「できれば会議室でお願いしたいのですが」

牛島は受付の隣にある第一会議室の空室を医事課に確認し、柘植を伴って向かった。個室に女性職員と二人だけで入るのは原則禁止なのだが、こういう場合はやむを得ない対応だったし、職務柄、牛島が受ける相談は会議室を使うことが多かった。

殺風景な室内には長机と椅子、さらに電源が切れた七十五インチの大型モニターしかなかった。牛島は長机を二脚合わせ、向かい合うように椅子を置いて座ると手にしていたノートパソコンを開いて自分の腕時計に目をやり、「十時四十三分」と口にしてから柘植に訊ねた。

「さて、何があったのですか？」

「実は患者さんにストーカーされているんです」

「ストーカーか……具体的にどのような行為を受けているのですか？」

「最近は家の前まで来るようになってしまったのです」

「それは危険だな」

牛島はストーカーの危険性を警察時代からよく知っていた。

「国内で『ストーカー行為等の規制等に関する法律』が成立したのは二〇〇〇年五月のことです。それまで日本ではストーカー行為を単なるつきまとい行為という概念でしか認識していなかったんです」

「桶川《おけがわ》事件がストーカー問題の契機になったことは私も知っています。でも、今でもストーカーによる殺人事件は続いていますよね。警察は実際、どこまでケアしてくれるんですか？」

「それには、まず、ストーカー行為をしている者と柘植さんとの関係を時系列でまとめる必要があります。早急に行った方がいいので、概要を教えていただけますか？私が時系列表を作成してみます。ちなみに柘植さんのお住まいはどちらですか？」

「私は大田区から通っています」

「東京都民ですか……そうなると警視庁の方がいいのかな」

牛島は神奈川県警と警視庁の連携を考えてはみたが、警視庁の圧倒的な人力を考えた時、警視庁に被害届を出した方がいいと即断した。

「牛島先生は神奈川県警だったんですよね」

「よく知っていますね。十九年間勤めました」

「神奈川県警と警視庁は仲が悪いって本当なのですか？」

「そんなことはありませんよ。県警の川崎警察署と警視庁の蒲田《かまた》警察署は多摩川《たまがわ》を挟んで隣接しているんですが、良好な関係ですよ」

「そうなんですか……」

柘植が首を捻りながら納得していない様子だったため、牛島は笑顔で言った。

「この病院でも、廣瀬先生は警視庁出身で、私と病棟の前澤さんは神奈川県警ですけど、仲がいいでしょう？」

「そう言われればそうですよね。でも、仲が悪い話は、私の高校時代の同級生が警視庁のおまわりさんなんですけど、彼が言っていたんです」

「こういう言い方をしては、その同級生に失礼かもしれないけれど、おそらく彼はまだ昇任試験に合格した経験がないのではないかな」

「今度、刑事になると言っていましたけど……」

「警察は階級社会なんです。階級が巡査から巡査部長、警部補、警部と上がるには昇任試験に合格しなければなりません。そして階級が上がる度に管区学校や警察大学校という組織内の教育機関に一定期間、泊まり込みで入校して、階級に見合った勉強をするんです」

「一定期間ってどれくらいの期間なんですか？」

「今は平均で三ヵ月くらいですね」

「三ヵ月も……ですか？」

「以前は半年以上入っていた時期もあったんですよ」

「そんなに……」

柘植が驚いた顔つきで牛島を見ていた。

「一緒に生活を共にしていると、都道府県の垣根なんてどうでもいいことに気付くようになるんですよ。都民であろうが県民であろうが、市民には変わりないんです」

「そうか……警察官と市民ですか……確かにそうですよね」

「ただし、今回のような事案は柘植さんがお住まいになっている警視庁管内の警察署に被害届を出した方が動きが早いのは事実です。事案の発生場所とお住まいが離れている場合は、捜査をしやすい場所を考えるのも大事ですが、それは警察サイドが考えればいいことです」

そこまで言って牛島は事案の概要を訊ねた。

牛島は柘植の話を聞きながらブラインドタッチでパソコンを操作していた。

「牛島さん、パソコンも凄いんですね」

「刑事をやっていれば当然ですよ」

「牛島さんは刑事だったんですか？」

「刑事にもいろいろ分野が分かれていますからね」

柘植美里は二十八歳、山梨県出身で地元の高校を卒業後、都内の看護大学を卒業して都内の病院で四年間勤務し、二年前から川崎殿町病院に勤務していた。

柘植の話によれば、ストーカー行為しているのは三十六歳の大谷国男《おおたにくにお》という男で、彼女が前職の都内の病院で病棟担当として勤務していた時の入院患者だった。

「この病院に移ったことは大谷には話をしたの？」

「いえ、前の病院に勤務していた頃からストーカー的な動きをするところがあって、ちょうど私もここの面接を終えた時だったので何も話をしていませんでした」

「ストーカー的なところ……というのは？」

「病院の退庁時間を狙って職員出入口近くで待ち伏せしていたんです。そして、その二週間後には私のアパートの前に来ていたんです」

「尾行されたわけか……」

「当時の病院は武蔵野《むさしの》市だったので、私はここの採用が決まったと同時に大田区の今のマンションに転居したんです」

「今のマンションはセキュリティーはしっかりしているの？」

「一応、オートロック式で部屋に入るには二重の鍵が必要です。でも……」

「でも？」

「入居者と一緒に入ってしまえばマンション内に入ることはできます。部屋数も三十戸くらいしかなくて、集合ポストに名前を書いていないのは十戸くらいしかないので、見つかる確率は高いと思います」

「今回、奴は最初に何と言ってきたの？」

「こっそり病院を辞めて、家まで引っ越すのはズルイ……というようなことを言いました」

「それから？」

「私とゆっくり話をしたいから携帯番号を教えてくれ……とも言いました。もちろん断りましたけど、昨日は、やはり病院の職員通用口の前にいましたし、今朝は外来の二階フロアをうろついていました」

「管制センターで防犯カメラの撮影画像を見れば大谷を見つけることはできるね？」

「はい」

柘植の勤務時間を確認して勤務終了後に管制センターに来るよう指示をして、一旦外来に帰すと、牛島は廣瀬のデスクに電話を入れた。幸い廣瀬は在室しており、牛島はパソコンを抱えて廣瀬の部屋に向かった。

「何かありましたか？」

部屋に入るなり廣瀬が訊ねた。

「職員がストーカー被害に遭っております」

廣瀬の顔つきが変わった。

「詳細を聞きましょう」

牛島が概要を話すと廣瀬がデスクの電話から消化器内科外来に電話を入れ、スピーカーモードにして牛島に柘植を電話口に呼びださせた。慌てた声で柘植が電話に出ると、廣瀬が話し始めた。

「柘植さん、廣瀬です。牛島さんから話を聞きました。昼休みに入ったらすぐに管制センターにお越し願えますか。時間はさほどかかりません」

柘植の了承を取った廣瀬は電話を切って牛島に応接セットのソファーをすすめて、自分もデスクを離れた。

「速報してくれてありがとうございます。こういう案件は一分、一秒を争う問題です」

「そんなに緊急性がある問題ですか？」

「ストーカーというのは学術的には諸説あるようですが、病院内に入ってきた段階で僕は危険性が高いと判断しました。ここの病院はあらゆる面でレベルが高い職員が集まっています。容姿、人間性、応対能力、全ての面でストーカーのターゲットになりやすいのです。これは外部からだけでなく、内部の職員同士、出入り業者、患者からも同様です」

「先生はストーカーに対して厳しい目をお持ちなんですね」

牛島が言うと廣瀬は表情を変えることなく言い放った。

「柘植美里看護師はこの病院に来て二年目。ストーカーは二年間、彼女を探し続けていたんですよ。そして自宅まで調べておきながら、再び病院内まで入ってきた。これは明らかな異常性を示しています」

「以前にもこの病院内に入っていた……ということですか？」

「もちろんそうです。ストーカーほど利己的で占有欲と自己顕示欲が強い犯人はいないと言って、決して過言ではないんです。奴らは目的のためには手段を選びません。かつての極左の非公然活動家よりもタチが悪いんです」

「そんなに……ですか？」

「はい。早急に手を打つ必要があります」

そこまで言って廣瀬は時計を見て言った。

「ちょっと早いですが、早めに管制センターに行って準備をしておきましょう」

「防犯カメラ画像の確認準備ですね」

「そうです。男が今日来た時間がわかっていますから、見つけるのは簡単でしょう。その画像から、過去の訪問歴を確認する必要があります」

「過去……ですか？　どれくらい遡るのですか？」

「柘植美里がこの病院に着任してからです」

「二年分ですよ。しかも、この病院には百五十台以上の防犯カメラが設置されているんですよ」

「うちの機械は優秀ですから。それくらいの画像解析ならば数十分あればできるでしょう」

「そんなに……」

「防犯カメラだけでなく、オペ室のオペレーション画像は全て永久保存されています」

「永久保存……ですか？」

「患者だけでなく、医師、看護師を守るためです。もちろんこれは両刃《もろは》の剣《つるぎ》にもなりますが、医学的には必要不可欠なのです。その点で言えば、防犯カメラの一般画像は五年保存ですから、職員の身を守ることだけに用いればいいのです」

　牛島は驚いた顔つきで廣瀬を見ていた。

管制センターは院内の地下一階にあった。窓もない閉鎖された空間だった。

「どうも、お疲れ様です」

「廣瀬先生、今日は何事ですか？」

係員が訊ねた。

「ちょっと変な患者が現れましたんで、画像解析をしておきたいと思いまして……」

「ターゲットの画像はあるのですか？」

「今日、来ているようなんですよ。面割《めんわり》をしてくれる看護師が十分後に参りますので、過去二年の防犯カメラ画像と照合させたいのです」

「二年でいいのですね。それならばサーバーの番号はもうご存じですよね」

「はい。解析用のパソコンを一台使わせていただければ結構です」

「廣瀬先生は勝手知ったる……ですからそこの三番を使って下さい。それよりも最近は変な患者が増えましたね」

「そういうご時世になってきたんですね。これから新型コロナウイルス問題で、もっと増える可能性大ですよ」

「うちでも受け入れるのですか？」

「国から感染症対策用の補助金をもらっていますからね。無下に断ることはできないと思いますが、県内では最後の手段……という時期でしょうね」

です」

「本当に感染拡大しますかね」

「ある程度はそうなることを覚悟しておいたほうがいいと思いますよ。まだ、海のものとも山のものともわかりませんが、発生場所が中国の武漢であることだけは明らかです」

廣瀬がパソコンのセットを終えたのとほぼ同時に管制センターのインターフォンが鳴った。管制センターには院内でも許可を持つ者しか入ることができないようになっていた。

管制センター係員が入り口で柘植美里を出迎えて、センター内に案内してきた。柘植は初めて入る管制センターの中を驚いた様子で見回していた。

「柘植さん、せっかくの休み時間に申し訳ありません。早急に例の男を確認したかったんです」

「廣瀬先生、妙な話を持ち込んでしまって申し訳ありません」

「いえ、これは重大な案件なので一刻も早く態勢を取りたいと思いました」

「重大な……そんなに悪い人……ということですか？」

「例の男が……というのではなく、ストーカー行為をする者を排除することが重大だということです。早速ですが、今朝、あなたが男を見ただいたいの時間と場所を教えてください」

「午前九時二十五分頃、二階の外来のインフォメーションセンターの辺りです。紺色のブルゾンに白っぽいパンツを穿《は》いていました」

柘植の話を聞きながら廣瀬がパソコンのキーボードを操作した。間もなく男の画像がモニターに現れた。

「あっ、この人です。凄い」

「なるほど……こいつの今日の動きを見てみますか……」

廣瀬が操作すると、次々に画像が動き、午前八時四十五分の開門と同時に病院内の敷地に入ったことがわかった。一階から二階、三階と動き、一階のカフェでアイスココアを飲んで午前十時ちょうどに病院の敷地を出ていた。

「身長百七十八センチメートル、体重八十五キログラムといったところですか……」

幾つか特徴ある姿と顔のアップをデータ化すると、廣瀬はさらにパソコンを動かした。

「大谷国男、昭和五十九年三月※※日生まれの三十六歳、東京都三鷹《みたか》市下連雀《しもれんじゃく》か……」

廣瀬の言葉を聞いて柘植美里が驚いた声を出した。

「そんなことまでわかるんですか」

「二ヵ月前に消化器内科を受診していますね。一応、逆流性食道炎ということで薬を処方されています。院外薬局で薬も購入していますね」

「二ヵ月前から来ていたんですか……それも消化器内科に……」

「消化器内科は最も患者数が多いので、外来の診察室も六つあるでしょう。柘植さんは運よく当たらなかったんですね。奴はもっと前から来ていた可能性があります。一応検索してみますが、自宅のマンションまで来ているんですって？」

「はい。以前、武蔵境《むさしさかい》のアパートの時にも部屋の前まで来ました」

「なるほど。相当執念深いですね。二ヵ月前の健康保険証の住所はまだ三鷹市のままですが、チェックしておいた方がいいですね。奴はコンピューター関連の会社に入っているのですか？」

「はい、そのようなことを言っていました。裏稼業はハッカーとも言っていました」

「ほう、それは面白い情報ですね」

廣瀬はさらにパソコンを操作したかと思うとジャケットの内ポケットからスマホを取り出してどこかに電話を架けた。

「どうも、廣瀬です………ストーカー容疑でチェックしていただきたいのですが、ハッキングもやっているようです。画像と人定を送りますので至急でお願いします」

ハッキングとはコンピューターの世界では、不法に他のコンピューター・システムに侵入し、データの改変やコピーを行うことをいう。

電話を切ると廣瀬は柘植に向かって言った。

「できれば、三日間ほど家に帰らないでもらいたいのですが、どうでしょう」

「三日も……ですか？」

「柘植さんを守るためにも、ぜひ。三日あれば男は丸裸になると思いますし、ストーカー行為を確認することもできると思うのです」

「えっ、三日で逮捕できるのですか？」

「逮捕になるかどうかはわかりませんが、何らかの形は付けることができると思います」

「今の電話は警察だったのですか？」

「それはノーコメントでお願いします。職員を守るためには何でもしますよ」

柘植が啞然とした顔つきで廣瀬を眺めていたが、その後ろで牛島も呆然《ぼうぜん》と立ち尽くしていた。

「三日間、どこに宿泊すればよろしいのですか？　川崎駅前のビジネスホテルでもよろしいのですか？」

「いえ、ＶＩＰ棟二十一階の特別室を使ってください。その辺のホテルよりははるかに居住性はいいですよ。アメニティーも揃っていますしね。申し訳ないけど、下着だけは自分で購入もしくは洗濯していただくことになります。食事は夜だけは二十二階のレストランを使って結構です。もちろん、お金はいただきません」

「そんな、食事代くらいは自分でお支払いいたします」

「これはこちらから強引にお願いするのですから。夜ごはんだけはお好きなものをどうぞ。これまで、何十人か、理由は違いますが同じようにしていただいていますから。まあ、福利厚生と考えていただいて結構です」

廣瀬が笑って言うと、柘植美里は深々と頭を下げて言った。

「ではお言葉に甘えさせていただきます」

「よろしくお願いします。それから、これは他言無用でお願いしますね」

「かしこまりました」

柘植美里はもう一度深々と頭を下げて管制センターを後にした。柘植を見送った牛島が廣瀬の所に戻ってきて言った。

「この病院の凄さを改めて知ることができました。それ以上に、廣瀬先生の力の凄さにも驚きました」

　それを聞いた廣瀬は笑顔で答えた。

「職員は宝でしょう。危機管理の第一保護対象です。牛島さんにはこれからもっともっと力を付けてもらいますよ」


　翌日の昼前に廣瀬に電話が入った。

「廣瀬ちゃん、大谷国男の件だけど、この男、十年前にもストーカー行為で禁止命令を受けているね。それからハッキングの件でも公安部のサイバーテロ対策班が、奴《やっこ》さんが使用している複数のパソコンのIPアドレスから捜査した結果、十数件のハッキング行為をしていることがわかった。まさにピンポイントの情報だったよ」

「ストーカー規制法から取っ掛かりますか？」

　正式名称のストーカー行為等の規制等に関する法律にいう「ストーカー行為」は、「つきまとい等」の行為を反復して行うことである。条文では、「当該行為をした者が更に反復して当該行為をするおそれがあると認めるときは、当該行為をした者に対し、国家公安委員会規則で定めるところにより、更に反復して当該行為をしてはならない旨を警告することができる」（同法第四条）としている。さらに、「当該行為をした者が更に反復して当該行為をするおそれがあると認めるときは、その相手方の申出により、又は職権で、当該行為をした者に対し、国家公安委員会規則で定めるところにより、(中略) 一　更に反復して当該行為をしてはならないこと。／二　更に反復して当該行為が行われることを防止するために必要な事項」を命ずることができる(第五条)。

罰則は「ストーカー行為」をした者は、一年以下の懲役または百万円以下の罰金であり、禁止命令に違反して「ストーカー行為」をした者は、二年以下の懲役または二百万円以下の罰金である。

「公安部がストーカー捜査をやるのは初めてだけど、今後のことを考えると捜査手法としては面白いかもしれないな。奴は現在、三鷹市のアパートに居住していて、昨夜も深夜近くに帰ってきたようだよ。現在、ＪＲの協力を得て足取りをチェックしてもらっているところだ」

「昨日お伝えしておけばよかったのですが、川崎駅と蒲田駅の画像を調べてみてください」

「了解。すぐに手配するよ。それよりも被害者対策はそちらでやっているのかい？」

「病院内に留め置いています」

「また動きがあったら連絡するよ。捜査主任官に指定した警部は生安部に行ってストーカー規制法の捜査手法を研究しているよ。二、三日待ってもらえるとありがたいな。マル被にはすでに行確《コウカク》を始めている」

「了解。よろしくお願いします」

警視庁公安部の寺山理事官からの電話を切った廣瀬は牛島を呼んで説明した。

「昨日のストーカーに関して、既に公安部が行確を始めたようだから直接の被害はないでしょうが、現在、病院の防犯カメラをリアルタイムの画像認識モードにしています。カメラが男を映し出した段階でアラートが鳴りますから注意しておいてください」

「リアルタイム画像認識モードというのはいい表現ですね。いわゆる限定的監視カメラシステムになっているわけですね」

「監視カメラは肖像権の侵害になる可能性があるからね。限定的であるところが違法性阻却事由になるわけだよ」

「違法性阻却事由……懐かしい言葉だなあ」

違法性阻却事由とは、通常は法律上違法とされる行為について、その違法性を否定する事由をいう。特に日本の刑法では、正当行為、正当防衛、緊急避難（自己または第三者に対する現在の危難を避けるため、侵害行為以外に対して行った避難行為）等が挙げられる。

「まあ、正当行為の一つだね。ストーカー行為に対する証拠保全の意味合いもあるからね」

「なるほど……よくわかりました。わからずにやることと、わかってやることでは全く意味合いが違いますよね」

「危機管理を行う上では理論武装も必要なんだよ。あらゆる法令を駆使して身を守る術《すべ》を身に付けるのは公安捜査と同じだと思うよ」

「公安捜査……ですか……転び公妨くらいしか即座に思いつきませんが……」

「まあ、そんな時代もあったたな……」

廣瀬が苦笑した。転び公妨とは、捜査官が被疑者に公務執行妨害罪（公妨）や傷害罪などの言いがかりをつけるために、たいした暴行を受けてもいないのに、大袈裟《おおげさ》にその場に転倒（転び）して、これを罪として現行犯逮捕する行為で、別件逮捕の口実とされることが多い。

「それよりも柘植さんに、それとなくこの旨を伝えてあげてください。被害者にいち早く安心感を与えるのも危機管理ですよ」

廣瀬が笑顔で言うと牛島は生真面目な顔つきで深々と礼をした。

その日の午後四時過ぎ、再び寺山理事官から電話が入った。

「例のストーカー男の昨日の動きがほぼわかったよ。朝、自宅から迷うことなく川崎殿町病院に向かっているな。今日は会社に行っているようだが、情報では、このゲームソフト会社は従業員を半数ずつ交互にテレワークさせているようだ」

「その業界はテレワークが多いようですからね……会社の規模はどうなのですか？」

「スマホゲームとネット対戦型ゲームソフトを開発していて、社員数は五十人を超えている、業界ではまあまあの業績を上げている」

「馬鹿じゃない……ということですか……」

「馬鹿ではないのだろうが、なにせバーチャルな世界で生きている連中が多いからな。本当の対面恋愛の経験が少ないんじゃないのかな。野郎が十年前にやったストーカーの相手も看護師だったよ。そういう趣味があるのかもしれないな。そういえば廣瀬ちゃんはストーカーに詳しかったんじゃないか？」

「身内が被害に遭ったことがあったので、勉強はしていました」

「別れた嫁さんだったな？」

「勘弁してくださいよ。ごく少人数しか知らない案件なんですから」

「すると、容疑者に対する対処方法もよく知っているんじゃないのか？」

「相手次第です。どういうタイプのストーカーなのか……ただし、ストーカーに共通するのは異常なほどの自己中心主義で、自分の行為を全て正当化するところなんです」

「利己的……なんてものじゃないんだな？」

「利己心で殺人は犯しませんよ。相手を殺害してでも他人には渡したくない……という異常な独占欲まで持っているんですから」

「なるほど……プロファイリングをしておかなければならないな」

「前回の禁止命令を出した際のデータが情報管理課のビッグデータに残っていると思うのですが……」

「なるほど……辞めて五年近く経っても、組織の内情には詳しいな。それで、そのデータをどうすればいいんだい？」

「生活安全総務課のストーカー対策室の規制第二係に専門官がいるはずです。そこで分析してもらって下さい。理事官から直《じか》に電話を入れれば動いてくれると思います」

「うちの課長からキャリア同士で生総課長を通した方がいいだろう？」

「それでもいいですけどね。知らなくていい人にはあまり伝えなくてもいいのではないかとも思いますが」

「廣瀬ちゃんはそれで生きてこられたからいいんだが、最近は組織も世知辛《せちがら》い環境になってしまってな……」

寺山理事官が自嘲《じちょう》気味に笑うのが廣瀬にはわかった。

「警視庁でも大物が減ってきましたか……官房副長官に言っておきますよ」

「こらこら、そんなところで御大《おんたい》の名前を出すんじゃない。今や、内閣人事局長殿だからな。警察庁長官でさえ一発アウトになってしまう」

「名前ではなく、職名を出しただけですが……」

今度は廣瀬が笑いながら言うと、寺山理事官が呆れた声で答えた。

「御大もあまりに遠い存在になってしまわれたので、挨拶にも行けないよ」

「今度、一緒に官邸に参りますか？」

「勘弁してくれ」

寺山理事官がため息交じりに答えて続けた。

「ストーカー対策室には早急に手を打ってみよう。こちらはハッキング行為の捜査もあるし、マル被がどんな人物かも知っておくに越したことはないからな」

電話を切ると廣瀬はふと目を閉じ、過去の嫌な思い出を振り払うかのように三度首を横に振った。

警視庁公安部ではサイバー攻撃対策センターの第一サイバー攻撃対策管理官の村上《むらかみ》正彦《まさひこ》警視が寺山理事官からの下命で動いていた。

「うちのガキもそうだが、最近のガキどもは将来の仕事として『ユーチューバー』なんて言っているご時世だからな。せめてIT関連起業家くらいの夢を持ってもらいたいものだ」

ユーチューバー（YouTuber）は、Google LLCが提供する世界最大の動画共有サービスYouTube上でオリジナルの動画を継続的に投稿し、投稿動画に付帯された広告で収入を得ている個人または組織を指す……とされている。Youは「あなた」、Tubeは「ブラウン管」という意味である。

ユーチューバーは現在では正式な職業を指す言葉としても認知されており、その呼称は世界的に使われている。

「ユーチューバーですか……でも、それで喰っていけるのは一パーセントもいない……ということのようですよ」

第一サイバー攻撃対策センターの人・金・物を実質的に握っている庶務担当係長の土山孝明《つちやまたかあき》警部の言葉を受けて、村上管理官が言った。

「そりゃそうだろう。所詮、ゲームをやり過ぎて現実逃避型のガキが増えてきているんだろうな。ユーチューバーだって歳を取っても延々とできる仕事じゃないだろうからな。ところで、寺山理事官から下命を受けた大谷国男の件だが、奴の本職は渋谷《しぶや》にあるIT企業の『サイバーコンタクト』という会社で、もっぱらゲームソフトを創っているそうなんだが、奴もまたユーチューバーとして、投稿しているんだ。その画像が病院の看護師の制服姿なんだよ」

「へんな趣味ですね……看護師の制服なんて白かピンクしかないじゃないですか？」

「いや、最近はそうでもないんだ。可愛い絵柄や、ハワイアン風の制服もあるんだ。と言っても、奴が投稿したものを確認して初めて知ったんだけどな」

「それは知りませんでした。すると奴は看護師の制服オタク……ということですか？」

「それも、可愛い系を狙って撮っているようだな。それも、隠し撮りではなくて、一応は了解を取っているみたいだ」

「肖像権の侵害はない……ということですか？」

「しかし、YouTubeに投稿されるとは、撮られた本人は思っていないだろうな」

本題から外れそうになったことを感じた土山係長が話を戻した。

「ところで、ハッキングの対象は病院ではないようですね」

「ハッキングは第三係に捜査させているんだが、製薬会社はターゲットにはなっている。しかし気になるのは、奴はSNS関連企業の従業員を標的にした、巧妙に計画されたソーシャルエンジニアリング攻撃を行うグループの一員にもなっているようなんだ」

ソーシャルエンジニアリングとは、ネットワークに侵入するために必要となるパスワードなどの重要な情報を、インターネットなどの情報通信技術を使わずに入手する方法のことである。その多くは人間の心理的な隙や行動のミスにつけ込む手法を用いている。

「SNS関連企業の従業員……企業の内部システムやツールへのアクセス権限を持つ者を狙って、ということですね……」

「そうだ。またその犯行グループは日本国内だけでなく、海外の有名企業も狙っているようなんだ」

「盗んだデータをどこかに売り渡しているんでしょうか？」

「新薬製造の分野に対しては一発当てると途方もない金になるようだからな……奴が成功したのかどうかは報告を受けていないが、ＳＮＳ関連企業に対しては、現時点で十一万八千米ドル（約千二百万円）相当の仮想通貨が送付され、その大半が既に別の場所に転送されていたようだ。ＳＮＳ関連企業の社員に賄賂《わいろ》を送った形跡もあり、金銭目的を持ったハッキング行為であることは間違いない」

「すると奴は本来の仕事とハッキングとストーカーの三つを同時進行している……ということですね。おそらく、本業の仕事はあまりうまくいっていないのかもしれませんね」

「そうだろうな。しかし、ストーカーだけは金にもならない行為だし、労力の割に見返りもないことは、明らかなのに、どうしてそこまで執拗に追い求めるものなのか……常人には理解しがたいな。その点を生活安全総務課の専門官はどう考えているんだ？」

ストーカー対策室の特別捜査官に話を聞いた土山係長が答えた。

「そもそも、ストーカーになる者に関しては学問上諸説あって、どれが正しい……というものはないそうなのですが、ストーカー本人の家庭環境や生育状況、学校等の影響を総合的に考えると、ある程度の癖がわかってくるそうです。特捜官によれば、奴相手の立場になってものを考えることが出来ないタイプで、相手を支配しようとするの過去の行動を分析した結果、病気ではなく、人格が未熟で、自己中心的で、他人・
ところに特徴があるそうです」

「ろくなもんじゃないな……それが病気ではないとなると責任能力はある……ということだろう？」

「そこが問題なのですが、エロトマニアとかいう、自分は特定の相手に愛されていると思い込む妄想性障害で、きわめて執拗で何年も続き、どんなに明確に拒絶されても、愛を告白されたと誤解するという偏執癖のようです」

「それが病気じゃない……となると、一般人にとっては理解に苦しむな」

「ストーカー案件は早めに着手した方がいいと思うのですが、うちでやるよりも調七の方がいいのではないかと思いますが……」

「そうだな……餅は餅屋の方がいいかもしれない。寺山理事官に相談してみるか」

公安総務課調査第七係は通称「調七」と呼ばれる、尾行と張り込み専門部隊である。

村上管理官はストーカー容疑者の大谷国男が行っているハッキングの実態から、組織捜査の必要を寺山理事官に訴えた。

「そうか……廣瀬ちゃんは相変わらずいい嗅覚を持っているもんだな」

「廣瀬ちゃんって、この案件は廣瀬係長からのものだったのですか？」

村上管理官は自分より三年先に管理職試験に合格した、マルチプレーヤーの廣瀬の名前だけは知っていた。

「どこに行っても仕事ができる男というのはいるもんだな。彼としては結果オーライの人生なのかもしれないが、警察組織にとっては大きな損失だったよ」

「政治家からヤクザまで何でもできる方だったと聞いていました。一度、一緒に仕事をしたいと思っていたんですが、まさかお辞めになるとは思いもしませんでした」

「本人にとってはいろいろ考えるところがあったんだろうな。それでもいまだに連絡をくれるところをみると、根っから警察……というよりも公安を愛していたんだろう。廣瀬ちゃんの期待を裏切るわけにはいかんからな。一気に全面解決に持ち込みたいところだ。ストーカー案件はあくまでも取っ掛かりだ。ハッキング行為の証拠を徹底的に押さえてくれ」

「マル被のガラはいつごろ取る予定ですか？」

ここでいう「ガラ」とは身柄のことである。

「マル害をいつまでも不安にさせておくわけにはいかんだろう。廣瀬ちゃんとも協議をしていかなければならんが、十日の内にはガラを取ろう。スタートは現行犯逮捕だろうな」

「了解」


廣瀬は院内の防犯カメラの画像解析を行い、大谷国男が三ヵ月前から病院内に姿を現していることを確認した。そしてその一ヵ月後には消化器内科で一度だけ受診し、その後は単にターゲットの柘植美里を追いかけていたのだった。

「少なくとも五十日間のうちに三十五回は、不要の来院をしていたわけですね」

廣瀬の言葉に牛島が質問した。

「その三十五回はストーカー行為に該当するのでしょうか？」

「本人が気づいていないため、直接の証拠にはならないでしょうが、ストーカー行為の裏付けにはなりますね。病院として軽犯罪法違反として告発することもできるわけです」

「なるほど……ストーカー行為の裏付けですか……軽犯罪法の三十二号ですね」

「『当院に用なき者の入構をお断りします』という表示を行っていたことで軽犯罪法違反が成立しますからね」

軽犯罪法第一条の三十二号には「入ることを禁じた場所又は他人の田畑に正当な理由がなくて入った者」と記されている。

「奴は一度、受診し、その際に処方箋に従って薬を購入しています。その後は、再診も、新たな診察も受けていませんし、入院患者の見舞いをしに病棟に行った形跡もありません。ですから、三十五回もの来院は軽犯罪法違反の状態になる……ということですね」

「そのとおりです。警察とも相談してみなければなりませんが、公安部の捜査がどこまで進んでいるか……ですね。早い動きをしてくれるとは思いますが……」

「最近ストーカー犯罪に関してはマスコミの目も厳しくなっていますから、全国的に警察の動きが早くなりましたからね」

「そうですね……ストーカー問題は生活安全部に依頼した方がよかったのかもしれないんだが……」

「やはり、ハッキングが気になった……というわけですか？」

「生安部にもサイバー犯罪対策課というセクションがあるんですが、なんとなく古巣の方が頼みやすいもんなんです」

「そうでしょうね。公安部の方が尾行、張り込みに関しては一枚上手でしょうから」

「ちょっとした安心感というところでしょうか」

警視庁公安部の組織を詳しく知らない牛島に対して廣瀬は言葉少なに答えた。

「ところで柘植さんは昨夜で三日目になりましたが、今日は自宅に帰ることになりますね」

「夕方まで様子を見ましょう。もし大谷国男が現れたら対処しなければなりませんか

らね」

午後になって寺山理事官から電話が入った。

「今、大谷国男を調七が捕捉した」

ここで言う「捕捉」とは、行動確認の視察線上に入れたことを示している。

「調七も動いているのですか？」

「ストーカー案件よりも大きな案件が出てきたんだ」

「やはりハッカーですか……」

「SNS関連企業に対してソーシャルエンジニアリング攻撃をやっていたんだ」

「ソーシャルエンジニアリング攻撃……ですか。単独犯ではない……というわけです

ね。ハッカーだけではなく内通者もいるわけですね」

「よくそこまで頭が回るな。どうしてそういう結論が出てくるんだ？」

「ＳＮＳ関連企業はプライバシーの保護だけでなく、様々な情報の保護に関しては徹底した対策を行っているんです。しかもＳＮＳ関連企業は儲かってはいるでしょうが、将来的に活用できる知的財産を持っているわけではないですからね。そうした企業に対するソーシャルエンジニアリング攻撃は、あまりメリットがないと思います。それを考えれば内通者なしでは、余計な労力が大き過ぎるのです」

「そういうことか……しかし、それを瞬時に判断できるところが廣瀬ちゃんのすごいところだと思うよ」

　寺山理事官が唸るように言ったので、廣瀬が答えた。

「所詮、ストーカーで女性を狙うような奴ですからね。実生活では一人では何一つ解決できない奴なんですよ」

「廣瀬ちゃんのストーカー嫌いはよくわかっている。それよりも被害者はどうしている？」

「今日までは病院内で寝泊まりしてもらっていましたが、いつまでも続けるわけにはいきませんから、そろそろ理事官にご相談しようと思っていたところだったんです」

「そうだったか……。そろそろこちらも証拠固めが終わりそうだから、ストーカー規制法で先にガラを取ってもいいかもしれないな」

「そうなると逮捕時間をどうするか……ですね」

「そうだな、彼女は外来担当ということなら、土日は休みなんだろう？」

「土曜日は午前中やっていますから、交代制でシフトを組んでいます。明日土曜日に出勤するようにしましょうか？」

「今、奴は病院方向に向かっていると思われる。この二日間も蒲田の自宅周辺をうろついて帰っていったので、今日は病院に確認に行くのではないか……と思っているんだ」

「なるほど……何か策を講じましょうか……」

「策？」

「今日、奴が病院内に入ってきた段階でバンカケしてみる……とか」

「その理由は？」

「立ち入り禁止場所への立ち入り……です」

「病院の敷地入り口の、誰の目にも触れる場所に看板を設置している……ということかい？」

「うちの病院にはＶＩＰも多いですからね。パパラッチや盗撮目的の自称マスコミ関係者も多いんですよ」

「しかし、診察目的……と言われてしまえば仕方ないんじゃないのか？」

「奴はすでにここで診察を受けた経緯があります」

廣瀬は防犯カメラの画像解析結果を伝えると寺山理事官が電話越しに笑って答えた。

「流石は廣瀬ちゃんだな、何事も先手先手を打っている。警視庁の危機管理対策もやってもらいたいくらいだ。わかった。もし、今日、奴さんが病院内に入ったら、そちらで上手く処理をしてくれるとありがたいな」

「さりげなく、明日、ターゲットが出勤する旨を伝えて帰しますよ」

廣瀬は電話を切ると牛島を呼んだ。

「柘植さんに帰る準備をさせて、VIP専用出口でスタンバイさせておいて下さい」

「ターゲットが来るのですか？」

「こちらに向かっている可能性が高いそうだ。予めの打合せどおりに進めて下さい」

「了解。彼女の自宅対策は大丈夫なのですか？」

「公安部のプロが一個班で守っています。奴は、ストーカー規制法違反以上の犯罪行為をやっているようで、公安部も手ぐすねを引いて待っているんだが、ストーカー規制法違反はあくまでも別件逮捕です。証拠保全手続きの時間稼ぎが必要なんだよ」

「なるほど……さすがに公安部ですね。捜査が早い。すると逮捕は明朝……ということなのですね」

「さすがに牛島さん。理解が早い」

廣瀬が笑って言うと、牛島が照れ笑いを浮かべて答えた。

「とんでもないです。廣瀬さんの思惑通りにことが進んでいるようで、嬉しくなったんです」

牛島は笑って言うと、右手の親指を立てて廣瀬の部屋を出て行った。


大谷国男が川崎殿町病院に姿を見せたのはその日の夕方だった。防犯カメラの画像解析により牛島のピッチにアラートが鳴った。大谷が病院の建物に入った段階から牛島が大谷の動きをチェックし始めた。大谷は二階の外来に真っ直ぐエスカレーターで向かうと内科の外来をゆっくりと歩き始めた。内科外来の一番奥にある消化器内科の総合受付の前の椅子に座って五分ほど観察をしていたかと思うと、六つの診察室の入り口のチェックを始めた。それからさらに十分ほど経って大谷が手洗いに入って出てきたところで牛島が大谷に声を掛けた。

「失礼ですが、当院に何の御用でしょうか？」

思わぬ展開に大谷は慌てた様子で、口ごもりながら答えた。

「いい病院だと聞いていたので下見に来たところです」

「この病院にいらっしゃるのは今日がはじめてではありませんよね」

大谷は目を見開いて牛島の顔を見つめているだけで、咄嗟の返事ができない様子だった。牛島が言った。

「失礼ですが、マスコミ関係者の方ですか？」

これを聞いた大谷は明らかに安堵の表情を見せて答えた。

「いいえ、そういう職業ではありません」

「当院には著名な方も多くいらっしゃいます。その中には非常にデリケートな分野の診察を受けられる方もいらっしゃいます。特に消化器内科はがん検診の前段として受診される方もいらっしゃるのです」

「いえいえ、私はそんな悪意を持った者ではありません。ちょっと幼馴染《おさななじみ》の人を探しているだけなのです」

「患者さんですか？」

「いや、よくわからないのですが、以前、ここに来た時に見かけたものですから、気になっていたのです」

「病院はデリケートな場所です。特に著名人の方は気になさる方が多いのです。そういう目的でのご来院は病院の性格上、お断りしております。病院の敷地の入り口にも、その旨を記載した看板が目立つところに立てているはずですが、お気づきになりませんでしたか？」

「確かに病院に用があるわけではないのはわかっていましたが、どうしても人探しをするのに手段がなかったもので……」

再び大谷は口ごもり始めた。その時、消化器内科の看護師がバインダーを手にして牛島に声を掛けた。

「牛島先生、お話し中申し訳ありません。ちょっと急を要する案件がありまして……」

牛島は大谷に少し待つように伝えて看護師の話を聞いた。

「システムミスがあり、明日のシフトで急な変更が必要になりました。診察室をひとつ開かなければならないようになりました」

「ドクターは大丈夫なの？」

「病棟当直の岡本《おかもと》先生にお願いしまして、主任看護師に休暇中の柘植さんをお願いしました」

「柘植さんのご実家は大丈夫だったの？」

「ご実家は大丈夫だったようで、今日、帰京するという報告を受けていました」

「それはよかった……。それではそれで循環器内科の第三診察室を使えばいいのですね」

「その予定です」

「では、それで進めて下さい」

牛島は看護師と話をしながら、ガラスに映る大谷の顔をチェックしていた。柘植の名前を聞いた途端に大谷の表情が変わったことを確認していた。看護師が離れると牛島は大谷に向かって、やや高飛車な姿勢で言った。

「申し訳なかったな。ところで、当院としてはあなたの行為を今後認めるわけにはいかないことを理解してもらいたいんだが」

「はい。申し訳ありませんでした。私も、別の方法を考えたいと思います。今後、病院の敷地内に用なく侵入することは致しません。でも、診察の時はお願いします」

「もちろん、最低限の応召義務には応じますよ。ここは病院ですからね。下まで見送りましょう」

牛島は大谷を先に歩かせて後に続きながら、さりげなく院内を見回したが、公安部の捜査員らしき人物を見つけることはできなかった。

大谷が正面出口でこちらに深く頭を下げて敷地を出るまで見送った牛島は、その後も一、二分の間、正面玄関の外で敷地の入り口の門を確認していたが、やはり公安部員の姿を認めることはできなかった。

牛島は直《ただ》ちに廣瀬に報告に行った。

「廣瀬先生、予定どおり、大谷を帰しました」

「お疲れさま。相変わらず牛島さんは役者ですね。モニターで見ていましたよ。奴の表情も面白いくらいコロコロ変わりましたしね。公安部の捜査員も再捕捉して、今、川崎駅に向かっているようです」

「公安部員はどこにいたのですか？」

「受付の近くにいましたよ。牛島さんが見送っているのも確認していましたから」

廣瀬が笑顔で答えると、牛島は唖然とした顔つきで言った。

「私が公安部員を見落としていたんですね……。これでも探してみたんですが、全くわかりませんでした」

「プロの目を欺《あざむ》くのが公安ですからね。それよりも、今夜は何もなければいいのですけれどね」

「明朝は確実に出勤することがわかっているのですから、空振りが続いた奴は、朝一番を狙うと考えられます」

「まあ、公安部員も二十四時間監視していますから、何もないことを祈りましょう」

翌朝、午前八時三十五分、柘植美里の自宅マンション前で柘植の手を摑んだ大谷国男が、何かを言いかけようとした瞬間、二人の捜査員のうち一人が柘植の手から大谷の手を小手返しで引き離し、もう一人の捜査員が柘植と大谷の間に割って入った。大谷は小手返しから路上に腹這いにされて、取られた腕を後方に捻じり上げられて、その腕の肩甲骨辺りを膝で押さえられて、痛みと屈辱から泣きそうな顔つきになっていた。これを仁王立ちになっていた捜査員が見て言った。

「大谷国男、ストーカー規制法違反の現行犯人として逮捕する。ただ今の時刻午前八時三十六分」

これには、予め牛島から家を出る時間を指定されていた柘植も驚いた様子だったが、それ以上に大谷が驚いていた様子で、何かを懸命に訴えようとしていたが、言葉にならなかった。

一分も経たないうちに二台の警察車両が現場に到着し、大谷はその場で両手錠を掛けられて後ろの車に、柘植は被害者として前の車に乗り込んで蒲田警察署に向かった。

蒲田警察署の正面口に車が着くとそこで牛島が柘植を出迎えた。

「驚かせてすいません。予定どおりというか、想像以上に上手くいきました」

「びっくりしました。今でも、心臓がドキドキしています。ところで彼はどこに行ったのですか？」

「奴は犯人ですから裏口から取調室に向かっているはずです」

「逮捕されたようですけど、どれくらいの期間、警察にいるのですか？」

「警察は数ヵ月でしょうが、その後、拘置所や刑務所……少なく見積もっても四年は塀の向こうに入っているでしょう」

「えっ。四年も……ですか？」

「ストーカーよりも、もっと悪いことをしていまして、両方を合わせると軽くそれくらいにはなりますね。ストーカー規制法違反の方は記者発表しませんが、もう一つの方は国際規約にも則って起訴されますから、下手をすれば海外に身柄を送られることもあるかもしれません」

「それって、彼が言っていたハッカーのことですか？」

「単なるハッカーでは終わらなかったようです。先ほど犯人を逮捕した警察官も警視庁本部から来たスーパーエリート部隊です」

「なるほど……確かに言葉遣いや所作が実にスマートで、かっこよかったです」

ようやく柘植の表情に明るさが蘇《よみがえ》っていた。

「ストーカー野郎の大谷国男がSNS関連企業に対して行っていたソーシャルエンジニアリング攻撃によって、結果的に野郎はどういう利益を得ていたのですか？」

牛島が廣瀬に訊ねた。

「こいつは利口と馬鹿の狭間《はざま》にいたような奴だったようですね。ハッキング行為ができるような一種の能力を持ちながら、ネットワークに侵入するために必要となるパスワードなどの重要な情報を、インターネットなどの情報通信技術を使わず部屋に忍び込む等で入手していたのですから……。ただし、そのターゲットとなった多くは、ストーカー相手だったということなんです」

「しかし、それではたいした利益をもたらさないのではないですか？」

「そこが、奴がさらに賢いグループに巻き込まれた原因になっていたそうです」

「上には上がいた……ということですか？」

「そういうことですね……ストーカーになるような奴というのは男女を問わず、極めて自己中心的で、近しい者からとことん甘やかされて育った者に多いんです」

「そのようですね。私も現職時代、生活安全部の担当者から聞いたことがあります」

「そういう輩に共通した行動というのがあって、それはストーカー行為に入る前に、相手に対して極めて攻撃的な姿勢になることなんです。これは極左暴力集団の公然部隊が非公然部隊に潜ってしまう直前の行動と似ているんですよ」

廣瀬の説明に牛島は思わず身を乗り出していた。廣瀬は牛島の反応を見て続けた。

「奴らは急に落ち着きがなくなり、点検活動を繰り返すようになる。組織防衛本能が自己防衛本能を上回ってしまったような感覚なのでしょう。もし、一つのミスでも起こしてしまったならば、その時点で自らが組織から抹殺されてしまうのですから……」

「待ってください。ストーカーは誰から狙われるのですか？」

「相手、もしくはその家族からですよ」

「あ、なるほど……」

「ストーカーにとって、自分自身の執っているストーカー行為は全てが正当行為なのです。これを邪魔する行為に攻撃をするのは正当防衛なんですね」

「病気ですね」

「それを病気にしてしまっては規制する法律が成り立ちません。あくまでも自己中心主義が強すぎるという形で責任能力を残しておかなければならないのです。ところがその逆に、奴のストーカー行為に手を貸してやる存在が出てくれれば、これはストーカーにとって極めてよい、善意の第三者ということになるのです」

「なるほど、そういうことですか……上には上という奴らはそこを利用しようとしたわけですか……」

牛島は廣瀬の理論分析に驚きながらも、自分でも考えを巡らせながら話を聞いていた。

「先ほども言ったように、ソーシャルエンジニアリング攻撃は様々な手法で入手した情報を用いて相手を攻撃するやり方です」

「あらゆる手口……ですか……例えば、どういうようなものですか？」

「一つはオレオレ詐欺でも使う、電話でパスワードを聞き出す方法。次に、ショルダーハッキングと呼ばれる、覗き見する方法、さらに公安がよく使っていたトラッシングと呼ばれるゴミ箱をあさる方法等ですね」

「そういう物色というか、直接人に会うわけでもなく情報を手に入れるのが、相手のSNSを狙ったソーシャルエンジニアリング攻撃なのですね」

「そうです。オレオレ詐欺や架空請求などでも使われる『今なら表沙汰にならないで済む』『今ならこの金額で法的処置を取り下げられます』などもその一例ですね。特にSNSは、ターゲットを物色するための格好の素材になります。FacebookやInstagramで『友達』になったつもりが、いつの間にか本人のセキュリティを脅《おびや》かす存在になってしまうわけです。うちの柘植看護師もFacebookやInstagramで大谷国男に発見されてしまったわけですからね。FacebookやInstagramで本名を使っていなくても、画像や『友達』同士の会話を覗けば、すぐに本人かどうかはわかってしまうわけです。そして、そこにあるIPアドレスを、本業のハッキングで探せば、居所はたちまちわかってしまうのです」

牛島は思わず唸った。廣瀬はいつの間にかニコニコ笑いながら話をしていた。

「廣瀬先生のその笑顔はなんなのですか？」

「いえ、詐欺の話をしているといつも笑ってしまうんです。世の中に詐欺師はたくさんいますが、本当に捕まることなく生き延びている奴はほんの一握りなんです。ほとんどの詐欺師が塀の向こうに入っている間に『次はどうやって捕まらないようにやるか』ばかりを考えているんですね。その姿をついつい思い浮かべてしまうんです」

「詐欺に引っ掛かってしまった老人や被害者の苦しみは考えないのですか？」

「実に申し訳ないのですが、詐欺に引っ掛かってしまう人は、自分自身に油断がある人なのです。しかも、決して善意の第三者ではなく、『自分さえ黙っていれば……』というような小狡さまで兼ね備えた人が多いのです」

「それは違うような気がしますが……」

「あれだけ各種のマスコミが毎日のように広告しているのに、それでも騙されてしまう。警察の立場から見ても『詐欺だとは思いませんでしたか？』と必ず聞くほどです。その中には電話の相手を最後の最後まで自分の息子と信用していて、金融機関と警察が一緒になって、被害者の面前で犯人を逮捕しても、それでも自分の認識の誤りを認めようとしない人さえいるのです。そこに、本当の自分の息子が現れると、今度はその息子を責めて、警察には何の感謝の意も見せない……そんな場面に僕も何度か立ち会ったことがありますからね」

「そうですか……私には今一つ理解できない話ですね……」

牛島があきれたように言った。

「ソーシャルエンジニアリング攻撃については、ＳＮＳを運営している企業の責任が取り沙汰されることもあります。でも、不正侵入のためのIDやパスワードを物理的手法によって盗み取られるケースは極めて少ないのが実情です。結果的に、企業の人が騙されている場合が多いのですが、それでもSNS運営企業は機械にのみ専念して監視体制や防御態勢を整えているのです」

「そうなのですね……。身内を疑うことはどこの世界もあまりしませんからね……。ところで、そのSNSを利用する際にはその企業の約款《やっかん》があって、それを了承した上でサイトを使っているのが前提なんですが、ほとんどの人がその約款など読んでいませんよね」

「そのとおりなんです。これは犯罪と法律の関係や、コンピューターの世界ではウイルスとアンチウイルスソフト、さらに言えば、今問題になっている新型コロナウイルスとそのワクチンや特効薬と同じで、必ず前者に対応して後者が生まれるのです」

「見事な例えですね。私もだんだんわかってきました」

廣瀬が笑顔で答えた。

「ソーシャルエンジニアリング攻撃に必要な技能や技術は、防御技術対策をかいくぐるような新たな方法を発見するものではなく、比較的容易に取得できるものです。ソーシャルエンジニアリングの標的になるのは常に、ルート権限（UNIX系OS）やアドミニストレーター権限（Windows系ＯＳ）などのシステムへのアクセス権を持つ人物です」

牛島は県警時代にサイバー犯罪対策関連の仕事をした経験があるだけに、廣瀬の言葉がよくわかった。

「懐かしい単語が出てきましたが、廣瀬先生は完璧に常識として頭に入っているんですね」

「システムへのアクセス権を持つ人物というと『何だ？』となる人もいますが、コンピューターの世界ではコンピューターの初期設定で、最初のユーザーとして登録された人は、標準で『管理者』に設定されていますから、一般的にはパソコンの所有者と言った方がわかりやすいのですけどね」

「いえ、私も危機管理担当のはしくれとして、それくらいは常識として即座に認識しておかなければならない立場です」

「最近のWindowsではアドミニストレーターよりも偉いユーザーがいます。その名も『Trusted Installer』です」

「トラステッドインストーラー……ですか？」

「まあ、直訳すれば『信頼されている、インストールするソフト』つまり、実行ファイルのことだね」

「あっ、ソフトですか」

「人じゃないんだよね」

廣瀬が笑って答えながらWindowsパソコンを開いていくつかの操作を行うと、その画面に「このフォルダーを変更するには、Trusted Installerからアクセス許可を得る必要があります」と出ていた。

「いやあ、知りませんでした」

牛島が困った顔つきになったので、廣瀬は「これが最後」と前置きして言った。

「現在のソーシャルエンジニアリングはフィッシングと言われる詐欺サイトの変種なんですよ。その他のメール攻撃や携帯電話のSNSを使ったフィッシング等と同じ基本技術を使っているだけなんです。ただし、本物に見える人物を信用してしまう錯覚を利用して、ターゲットが要求された行動を取るよう誘導してしまう怖さがあるのです」

「なるほど……そうなると、ストーカー野郎の大谷国男はそうやって情報を引き出した結果を、上の連中に伝える役目を負っていた……ということですね」

「そうです。そして大谷は、その他にも、上の連中の本業であるオレオレ詐欺の名簿から、ターゲットの絞り込み屋を担当するようになり、その、成功報酬をもらっていたんですよ」

「所詮、くだらない野郎だったわけですね」

「しかし、そのおかげでオレオレ詐欺グループの本体を割り付けることができたそうです。利口と馬鹿の狭間にいたようなオタクも、警察にとっては使い勝手の良い存在だったわけです」

「そうすると、また廣瀬先生は事件捜査の端緒を摑んで、解決に導いた張本人だったわけですね」

「それは、捜査員が優秀だったおかげですよ」

「警視庁公安部が廣瀬先生を手放さない理由の一端がよくわかりました」

牛島が声を出して笑った。

第六章　院内感染

二月以降、各地の病院で集団感染が発生していた。

「都内大田区の病院では看護師と医師が新型コロナウイルスに感染し、二月半ばから約二週間、外来を休診したようです」

「多摩川を挟んだ場所で院内感染ですか……神奈川県内でも院内感染が出たみたいですね」

赤坂本院で廣瀬が住吉理事長に報告を行っていた。

「感染患者の死亡後にその担当看護師が感染したことが発覚して、また他の入院患者への感染も発覚したようです。その後、外来診療を休診としたようですが、病院の職員や関係者や家族が日常生活で差別的な扱いを受けているとも報告されています」

「院内感染が起こるとそういう状況になってしまうんですね。新型コロナウイルスの実態がわからない一般人にとっては、マスコミ報道だけが全ての情報ですからね」

「マスコミにはいろいろな感染症専門家が出ていますが、メンバーを見るとまさに玉《ぎょく》石混淆《せきこんこう》ですからね」

「確かに、突然降って湧いたような案件ですから、マスコミも専門家探しに四苦八苦しているのでしょうね……政府の専門家会議の内容もあまりに荒唐無稽《こうとうむけい》で議事録を作るのも憚《はばか》られるような内容らしいですよ」

住吉理事長の言葉に廣瀬も頷いて答えた。

「荒唐無稽……ですか……。あり得ないことではないでしょうね。まさにコロナ特需ですからね。それよりも大事なのは病院職員を守ることなんですが……」

「川崎殿町病院は万全の措置を講じているんでしょう？」

「問題は救急隊なんです。新型コロナウイルス患者と、そうでない患者の判断が彼らにはできません。感染者が交通事故に遭遇することもあるわけですから」

「そういう状況になってもおかしくないほど感染が広がる可能性がある……ということですか？」

「普通の人であれば、さほど重症にはならないかもしれませんが、持病を抱えている人にとっては命取りになります。そういう人が救急搬送されることを想定していなければなりません」

廣瀬の言葉に住吉理事長は思わず腕組みをして考え込み、呟いた。

「まずは病院を守ることが第一……ということですね」

「一度院内感染を起こしてしまい、地域住民を恐怖に陥れてしまうと、看護師が子供を保育施設に預けようとしても受け入れを拒否されたり、看護師の家族が勤務する会社で出勤しないよう求められたり、他の医療機関からの医師の派遣や患者の転院も断られる……などという事案が起こってしまうのです」

「日本国内だけで四十万人の死者が出る……と言った専門家会議の委員がいたくらいですからね……一般人はパニック状態というよりも恐怖に陥りますね」

「彼の説明に関しては政権内でも『経済や社会に対する配慮が圧倒的に不足している。そもそもゴキブリ一匹を退治する為に家全体を燃やすような愚は避けねばならない』と言っていた人がいましたが、学者は専門知識の公表に専念すべきで、数字にだけは責任を持ってもらいたいものなんです。彼が科学者として最も大きな責任を負うべき人物の一人であることは確かなんですが、彼だけでなく専門家の多くの方がまるで政治家のような発言をするようになっているのが気がかりです」

廣瀬は問題点をこう指摘して続けた。

「僕はＰＣＲ検査を徹底的にやることが必要だと思っています。検査体制さえ整えず、感染の実態も把握できていないのに、専門家も政治家もあまりにもデータや情報を軽視していて、勝手な政策を発表する姿は、まさにB29に竹やりで立ち向かわせた大日本帝国陸軍末期の有り様と同じような気がします」

「廣瀬先生、なかなかポイントを押さえた例えだと思いますよ。そういう社会情勢の中であっても、医療法人社団敬徳会傘下の病院では何としても院内感染だけは防がなければなりません。各院長に対しては早急に徹底した指示を出しますが、その草案を廣瀬先生にお願いしたいと思うのですが……」

「敬徳会の危機管理担当理事として、責任をもって作成したいと思います。院内感染を阻止するために最も大事なことは、常日頃から、患者には何らかの感染症があると思って対応する標準的な感染防護策を徹底することだと思っています」


四月に入って以来、各地の病院や介護施設で集団感染が相次いでいた。

「あってはならないことが続いていますね」

「一言で言えば油断ですね」

外来院内交番で危機管理担当の牛島隆二の問いに廣瀬が答えていた。

「医療機関で感染した疑いがある医療従事者や患者は感染者数の一割近くに達した

……という保健所からの報告がありました」

「都内と神奈川県で連続してしまっているのが気になります。こういう情報がマスコミから流れると、一般市民が医療機関に対するある種の嫌悪感を抱いてしまうのです。警察不祥事が続発して、警察に対する風当たりが強いことがあったでしょう？」

「はい。神奈川県警は大阪府警とワースト記録を競っているような時期がありましたからね」

「その原因を神奈川県警は把握していたにもかかわらず、警察庁に報告できなかった……という悲しい理由を知っていただけに、さらにはそれをマスコミに伝えることができなかったことに、僕も心を痛めていた時期がありました。たった三年のうちに、二人の不良キャリアによって組織をガタガタにさせられてしまったのですから、県警の皆さんの気持ちを察していました。もちろん、警察庁のトップもその理由をよく知っていただけに、神奈川県警に対しては強く言うことができなかったのですからね」

廣瀬の言葉に牛島がため息交じりに答えた。

「警視庁にいらっしゃった廣瀬さんにも知られていたのですね。公安部の情報収集力というのは凄いものですね」

「諸悪の根源だったキャリアの一人は公安部にも在籍していた時期がありましたから

……ただ、公安部は手強《てごわ》いですからね。公安部長でさえ出来が悪ければ、飛ばすネタを摑みあらゆる手法を使って追い出してしまうのですから……」

「そこが警視庁の怖いところだと思います。キャリアの警視監だけでも七、八人いるわけですからね。警視庁以外の道府県には、本部長一人、小県では本部長だって警視長のところが幾つもあるんですから……」

「警視監の階級なんて、ぜんぜん怖くない者が多いんです。特に公安部にはね。怖い者知らずのノンキャリが生まれてきても仕方ない環境だったんですね」

廣瀬が笑って言うと、牛島もつられて笑いながら訊ねた。

「それって廣瀬先生のことでしょう？」

「まあ、怖い……という人は一人もいませんでしたね。尊敬できる人かそうでないか……さらには不必要な人か……そんな見方をする癖がいつの間にか身に付いていましたね」

「キャリアにとっては怖い存在だったでしょうね」

「怖くはないでしょうが、嫌な野郎だったかもしれません」

廣瀬が笑って話を続けた。

「いつもながら話題をそらして申し訳ない。ところで外来のドクターやナースから何か相談を受けていませんか？」

「感染症外来がコロナ対策で空白になってしまっている関係で、呼吸器内科と耳鼻咽喉科から、何らかの対応策について相談を受けています。院内の誰もが発熱外来と感染症外来のご労苦をよく知っているだけに、判田先生には言いにくいようなんです」

「それは院内交番よりも、事務長か総務課長が対処しなければならない案件なんでしょうが……これは牛島さんの信頼が大きくなっている証ですね」

「いえいえ、廣瀬先生のご多忙もよくご存じですから、その下働きをしている私に相談してくるのでしょう」

「牛島さん、あなたの仕事は下働きではありません。外来のスタッフと患者の両方を見てくれているわけですからね。その姿勢をドクター達もわかっているのだと思います」

牛島が照れ臭そうに頭を掻いたとき、消化器内科の方で「キャー」という悲鳴が聞こえた。

廣瀬が身を乗り出すよりも早く、牛島は駆けだしていた。

そこにはこの時期には珍しい赤っぽい色の派手な柄のアロハシャツを着た四十代後半から五十代半ばの男がおり、赤ら顔で手にしている布製のエコバッグを振り回して騒いでいた。牛島が男の近くに駆け寄り厳しい口調で言った。

「あなたは何をしているんだ」

　すると男は牛島の方向に振り向いて言った。

「うるせえ。俺はコロナなんだよ。お前らにもうつしてやる」

「何、どこでコロナの検査を受けたんだ？」

「新宿だよ。俺は歌舞伎町《かぶきちょう》で立派なコロナウイルスをもらってきたんだよ」

「するとお前は他人に病気をうつすために、ここで暴れているわけか？」

「入院させろと言っているのに拒否されたからじゃねえか」

　男の言葉が終わるか終わらないかという瞬間に、牛島の右足の爪先の右部分が男の左足首を強烈に蹴った。男は声を出す間もなくその場で真横にスローモーション映像でも見ているように倒れかけた。すると牛島がさらに男の左腰から臀部《でんぶ》にかけて、もう一度、強烈な回し蹴りを叩き込んだ。今度は「バシッ」という大きな音と共に男の身体が一瞬地面から浮き上がるように持ち上がると、膝からその場に崩折《くずお》れた。

　これを見た牛島はゆっくりとゴム手袋を自分の両手に装着すると、男が手にしていた布製のエコバッグを取り上げ、取っ手の部分で男の両手を後ろ手に縛り上げた。牛島のあまりの素早さに呆気に取られていた患者や病院スタッフの姿を見て牛島は、穏

やかな笑みを浮かべて、

「お騒がせ致しました。皆さんが飛沫感染している可能性は低いかとは思いますが、念のために受付で住所氏名と連絡先、患者さんの方は診察カードを提示しておいて下さい。私は急ぎ、この男の新型コロナウイルス検査をして参ります」

と、言って鷹揚《おうよう》に頭を下げると、まるで粗大ごみでも扱うように、その場から男の右足を引きずって本館の裏口から外に放り出した。

廣瀬は牛島のフォローをすべく、その場にいた患者を受付に誘導して本館の裏口に向かった。廣瀬が裏口の外に出た時、牛島はタオルを男の口の中に押し込んで、紐で両足を縛り、さらに男を引きずって発熱外来の方向に向かい始めたところだった。

「さすがに神奈川県警逮捕術の本部特錬選手だけのことはありますね。見事でした」

そこまで言って廣瀬も粗大ごみのように扱われている男を見下ろしていた。

「廣瀬先生、この野郎もPCR検査対象ですか？」

「一応確認する必要があるでしょう。この野郎自身が『自分はコロナ……』と言ったんですから。もし、本当に新型コロナウイルス感染者だったなら、僕は全身全霊を傾けてこの野郎を処分するつもりです。危機管理担当として、私には一般患者だけでなく、病院スタッフ、病院そのものを守る使命があるのです」

廣瀬は真顔で言うと駆け足で発熱外来のトップとして奮闘している判田医長の下に向かった。

「急ぎで一人ＰＣＲ検査をお願いしたいのですが……」

理由を伝えると判田医長も憮然とした顔つきになって言った。

「その男をどうされるおつもりなのですか？」

「とりあえず、脅迫と威力業務妨害の二罪で現行犯逮捕し警察に引き渡すと同時に、マスコミ各社に対して緊急の広報を行います。もちろん、事案の悪質性を示すためにも本人の氏名等も公表するよう要請します」

「それは大事なことだと思います。わかりました。至急検査致しましょう」

川崎殿町病院には医療法人社団敬徳会が自前で購入していたＰＣＲ検査キットを持ち込まれていた。

廣瀬はすぐにスマホを取り出して一一〇番通報を行った。通信指令本部にはＰＣＲ検査の結果を改めて報告するまで地元の警察には出動を待ってもらいたい旨の伝達を行った。日頃から付き合いがある地元の警察署に直接通報しなかったのは、一一〇番通報することにより、県警全体に事実を速報する意図があったからだった。

ＰＣＲ検査の結果は陽性だった。その間、男は第二エアドーム内の隔離室に保護バンドを着けられて軟禁されていた。結果を受けて廣瀬と牛島は男が入っていたエアドームに完全装備で入ると、床に転がされていた男の元に行った。

「この野郎。罪名が変わったぞ。殺人未遂が追加だ」

すると男は海老《えび》のように身体を一度伸ばしたかと思うと、くの字に曲げるようにして廣瀬の足を両足で蹴って言った。

「ざまあみやがれ。みんなコロナだ……」

男がさらに言葉を発しようとしながら、再び先ほどと同じように身体を伸ばしたため、廣瀬は次の攻撃を察知して間合いを取り、男が廣瀬を蹴ろうとしたのを避けながら「蹴返《けかえ》し」で男の太ももに「バン」と大きな音がするキックを見舞っていた。

これを見た牛島が廣瀬に言った。

「その蹴りじゃああまり効きませんよ。この部分でこういう形で蹴るんです」

牛島は逮捕術だけでなく、サッカーもやっていたそうで、利き足の爪先よりも少し上側、ちょうど右足甲の指の付け根よりやや上辺りを示すと、ゆっくりと、しかもだらりと右足を後方にやや下げたかと思うと、鋭く倒れたままの男の臀部に蹴り込んだ。

「うぎゃ」

男は声にならない呻きをあげたかと思うと、そのまま失神した様子だった。

「ケツを蹴って失神するほど痛かったのか……」

廣瀬が男の顔を覗き込みながら言うと、牛島はニヤリと笑って答えた。

「今のはインステップキックで、パンチで言うと正拳突きと一緒で、もっともボールを遠くに飛ばす蹴り方です」

「しかし、痕は残らないのかな？」

「暴れたので止むを得ず……ということにしておきましょう。ＰＣＲ検査が陽性なのですから、すぐに留置するわけにはいきません。病院も全身を調べることはありませんから大丈夫ですよ」

牛島は今まで廣瀬が見たことがないような笑顔を見せた。

「牛島さんは案外やんちゃなんですね」

「悪い野郎には相応の痛みを教えてやらなきゃならないんです。警察官だったら特別公務員暴行陵虐罪かもしれませんが……」

「参ったな」

廣瀬は思わず苦笑しながら、自分自身が全身全霊をかけて処分すると言っていたことを思い出していた。

廣瀬は直ちに二度目の一一〇番通報を行い、現行犯逮捕をした男のＰＣＲ検査の結果が陽性であることを通告した。県警は所轄ではなく、横浜市内にある県警本部から相応の装備をした警察官を派遣する旨の通知をしてきた。

一時間後、牛島が自作の現行犯人逮捕手続書（乙）と供述調書を作成して犯人の身柄と共に捜査員に引き渡した。

現行犯人逮捕手続書（乙）とは常人が逮捕した現行犯人を司法警察職員が受け取った場合に作成するものである。作成に際し、手続書内にある「現行犯人と認めた理由及び事実の要旨」並びに「逮捕時の状況」欄は刑事訴訟法第二百十二条に規定された要件を満たすよう順序よく具体的に記載されていることを廣瀬も確認していた。逮捕手続書等の捜査書類には、本来ならば逮捕者である牛島の署名押印が必要であったが「逮捕者は被疑者を逮捕する際に感染症のおそれが生じ隔離措置が取られたので、署名押印を得ることができなかった」の奥書で理由付けした。

「さすがに牛島先輩の調書だけあって見事です。このまま昇任試験の模範解答になります。牛島先輩によろしくお伝えください」

と、捜査主任官の警部が廣瀬に深々と頭を下げて被疑者を連れ帰った。

記者会見はその日のうちに川崎殿町病院院長が行い、濃厚接触者は存在しないものの、一般患者二十二名、病院職員五名に対してPCR検査を実施し陰性であった旨の報告と、被疑者の氏名、年齢、職業、居住先を県警の了解を取って知らせた。

テレビ放送されるとすぐに、廣瀬に警視庁の寺山理事官から電話が入った。

「廣瀬ちゃん、テレビを観たけど、あの犯人の田辺浩《たなべひろし》は公安総務課のマル対で、前が二件あるんだが、問題ある宗教団体の用心棒的存在なんだよ」

マル対とは公安部が視察対象としている反社会的勢力関連の対象者を意味した。

「前科前歴と団体名を教えて下さい」

「前科」とは有罪判決により刑が言い渡された事実をいい、「前歴」とは警察や検察などの捜査機関により被疑者として捜査の対象となった事実をいう。

「二件とも傷害で三年と五年の実刑をくらっている。団体名は天下救済教だよ」

「天下救済教……ですか……月岡孝昭参議院議員と何かつながるのでしょうか？」

「月岡孝昭？　確かに彼は組織内議員だが、どうして突然、月岡の名前が出てくるんだ？　……天下救済教はあの反社会的集団と認定されていた世界平和教《せかいへいわきょう》が四分裂した際の二番手グループが創った団体だが、そのナンバーツーだったのが月岡孝昭だったんだ」

「世界平和教は宗教団体としてあるまじき様々の反社会的事件を引き起こしていることはよく知られている団体で、政界への介入も強いんですよね」

「そう。教団の政治部門はいまだに保守系議員の国政選挙の応援を行って、その中でも当落すれすれの候補や基盤の弱い新人、さらにターゲットとして絞り込んだ候補のところには教団員を運動員として大量派遣しているからな。そして当選すると公設、私設秘書として教団員を送り込んで、政治家との結びつきを強め政界への浸透を図っているんだ」

「世界平和教が内部分裂した当時は血で血を洗う戦争をやっていたんでしたね」

「実際に殺人事件まで起こしているんだが、犯人未検のまま終わっている。何らかの圧力がかかったという噂もあったからな」

「三十年くらい前になりますが、警察ＯＢも何人かパチスロ業界と一緒になって天下救済教から議員になっていましたよね」

「そうなんだ……そのパチスログループの直系に当たるのが月岡孝昭だよ」

「えっ、そうなんですか？」

　廣瀬はふと川崎殿町病院を計画した際に、隣地の所有者から嫌がらせを受けた時のことを思い出した。病院の土地は元々、神奈川県でも三本指に入る大手倉庫業者が所有していたものを、住吉理事長が地域の安全安心の確保という理由から譲り受けたのだった。その際、その隣地の二百坪ほどの土地をこれから出店するために所有していたのが北朝鮮系のパチンコ業者だった。病院ができるということで、県の条例によって規制を受け出店できず、最終的にその土地も川崎殿町病院が買い取ったのだった。

パチンコ店「等」の遊技場の営業許可基準を定めた風俗営業等の規制及び業務の適正化等に関する法律では都道府県条例によって出店規制されており、神奈川県も学校、福祉施設、住宅地などの児童・高齢者・障害者を保護する対象である施設の近くに出店してはならず、百メートル以上の距離を置くこと等が規定されている。

廣瀬は寺山理事官に月岡孝昭に関する調査を依頼して電話を切ると牛島に電話を入れた。

「廣瀬先生、すぐに参ります」

「いや、一応、牛島さんは隔離していることになっているので、今日明日は電話で済ませましょう。実は、川崎殿町病院を開院する際、当時の隣地所有者ともめたことがあったんですが、その当時の所有者の内情を知りたいんです」

「なるほど、当院は確か三筆の土地に分かれていましたね。ほとんどは四井《よつい》トランスホールディングスでしたが……」

「そんなことまでよく知っていますね」

「再就職先のことはできる限り調査しました。一流の病院とはいえ背景にどういう団体が介しているのか知っておく必要がありましたから」

「なるほど……四井はともかくもう二つのうちの一つの北朝鮮系パチンコ業者が問題なんです」

「北朝鮮系のパチンコ屋……神奈川県内には十数軒しかなかったと思います」

「その中で世界平和教関連はどれくらいあったか記憶にありませんか？」

「世界平和教関係はパチンコよりも回胴が多かったと思いますが……」

「まさにそっちの方だと思うんですが……」

回胴とは回胴式遊技機、つまりパチスロのことである。

「それなら生安でなくてもハムでわかります。事務長に確認すれば登記簿謄本《とうほん》があると思いますから、全地権者を三代調べてもらえますか？」

廣瀬は直ちに事務長に連絡を取って土地の登記全部事項証明書の写しをメールで送ってもらった。

「牛島さん、うちが買い取った時は北常盤《きたときわ》商事（株）、その前が北栄興《ほくえいこう》物産（株）です。その前は海でした」

「なるほど……どちらも『北』が付くのですね。確認してみます」

牛島からの回答は早かった。

「北栄興物産は朝鮮総聯《そうれん》に極めて近い貿易会社でした。この会社は二千万円の根抵当《ねていとう》をつけており、十年後に北常盤商事に売却していました。その際に根抵当権も抹消手続きが取られていた。土地の登記簿謄本の他に北常盤商事の登記簿謄本もあって、目的欄が面白いんですよ。一番に不動産の売買、仲介、賃貸並びに管理があるんです。そして遊技場の経営となっています。取締役は三人、監査役が一人ですね。代表取締役は花村義昭《はなむらよしあき》となっています」

「月岡の名前はありませんか」

「月岡？　月岡孝昭ですか？」

「月岡は北朝鮮系のパチスロ関連とつながっていそうなんです」

「ちょっと待ってください。これだな……北常盤商事の取締役に北島雄一《きたじまゆういち》というのがいるのですが、こいつは世界平和教の最大支部だった横浜支部長です。そしてその時の教団の教育政治責任者が月岡孝昭ですね。月岡は教団から初めて参議院議員を出した時の選対責任者でかつ、その時の議員になったのが北島雄一の弟の北島信夫《のぶお》なんです」

「そういうつながりがありましたか……その後、北島雄一はどうなったかわかりますか？」

「こいつ、殺されているんですよ」

「えっ……殺された？」

「教団の内部抗争で幹部が殺害された事件の被害者です」

「犯人未検の、あの事件ですか？」

「はい。静岡県内の事件でした。複数の宗教団体、反社会的勢力、北朝鮮や中国系マフィア等、様々な団体が入り混じっていたのは確かでしたが、そこに保守系の幹部議員の名前が数人あがっていたのも事実でした」

「そうですね……その中に警察官僚出身者もいました」

「そうなると、月岡孝昭と今回の感染被疑者との背景を調べる必要がありますね……判田医長の話では野郎の病状は悪化する可能性があるらしいのです」

「すると臨床尋問をしてもらうしかないですね……しかも、背景がつながってくるとなれば刑事事件ではなく公安事件に切り換えた方がよさそうな感じがします。僕から警務部長に相談してみましょう」

廣瀬は直ちに神奈川県警警務部長の藤岡智彦に電話を入れて事情を説明した。藤岡警務部長もまたすぐに県警本部長と協議を行い、警察庁警備局の意見を聞いて動き始めた。

事件を指揮することになった神奈川県警警備部公安第一課課長代理の古澤伸行《ふるさわのぶゆき》警視は元同僚の牛島だけでなく、廣瀬のこともよく知っていた。彼は取調官の警部補ではなく、強い取り調べができる「落とし屋」と呼ばれていた竹本剛太郎《たけもとごうたろう》警部を充てた。

取り調べは警友病院の隔離室内で行われた。竹本警部の口調は最初から厳しかった。

「田辺よう、てめえがコロナで死のうが俺には何も関係ないし、本来ならてめえの自室でおとなしく死んでもらいたかったんだけどよ。こんな騒動おこしやがって、死ぬ間際まで警察のお世話になるつもりか？　これから重症化すると相当苦しい思いをするらしいが、苦しみを和らげるも知らん顔するもこっちのさじ加減一つだということを忘れるなよ」

田辺は竹本警部を睨《にら》みつけていた。

「コロナ患者に睨まれたところで、こっちは痛くも痒《かゆ》くもないんだ。今から何日後にお前のお迎えが来るのか知らんが、最後まで苦しんで地獄に落ちるか、心地よく死んで天国に行くか、もしかしたらびっくりドンキーで治ってムショに入るか、まあ三分の一だな」

「治る」の言葉に田辺が反応を示したのを竹本警部は見落とさなかった。しかし、甘い言葉は一切告げなかった。

「田辺、今回、川崎殿町病院に乱入した背景は月岡だろう？」

通常の取調官では絶対に告げない本筋をストレートに投げられた田辺は唖然とした顔つきで竹本を見た。

「月岡と取引したのか？　それとも北島信夫か？　死ぬ前……になるかもしれないんだ。最後に人間として正直になったほうが死に顔がきれいになるらしいぜ。今のままじゃ、お前、世の中を恨んだような醜い面だ。死に化粧一つもしてもらえねえだろうな」

そこまで言って竹本警部は田辺の顔を覗き込むような姿勢をとった。ゴクリと生唾を飲み込んで、ようやく田辺の口が開いた。

「俺のコロナが治る可能性はどのくらいだ？」

「俺は医者じゃないんだ。そんなこたあ知らねえよ。ただな、こんな科学の時代になっても『病は気から』という言葉もある。ここは警察関係の病院だ。病院サイドだって『警察の敵』と『警察の協力者』じゃあ、治療に対する力の入れ方も変わってくるだろう。全てはお前の協力次第……ってことだな」

「汚ねえな。警察という組織は」

「馬鹿野郎。別にお前が何もしゃべらずに死んだところで、こっちには何の痛手もねえんだよ。新型コロナウイルス感染者が保健所に命じられていた自宅待機をすることなく、何の関係もない病院に押し入って暴れた……これほど人として汚ねえことはない。お前がくたばって、お前の骨を受け取ってくれる奴がいるのかどうかも知らねえが、万が一にもいやがったら、その野郎の一族郎党が壊滅するまで、日本警察が追い込んでやるまでのことだ。それが公安って世界なんだよ」

田辺の目が驚愕に変わっていた。そしてすがるような目つきに変わるとか細い声で訊ねた。

「俺がもし、しゃべったら、公安は俺を守ってくれるのか?」

「あったりめえよ。天下国家に対する協力者だ。全身全霊で組織で守る。それもまた公安だ」

田辺が目を閉じた。竹本は椅子に深く腰を落とすと腕組みをして目を瞑った。二、三分が流れた。

「刑事さん、話すよ」

そう言った田辺の目尻には涙が流れていた。竹本警部は穏やかな口調で言った。

「田辺、真人間になれ。そしてコロナに勝てよ」

「はい。よろしくお願いします」

「よし、これからお前が言うことを調書に取るからな」

そこまで言うと竹本警部はパソコンのスイッチを入れ、ビデオカメラを回して調書の作成に入った。

「田辺浩、これから君が昨日、新型コロナウイルス感染者であることを知りながら、一般病院である川崎殿町病院に乗り込んで、暴言を吐いた事案に関して取り調べを始める。言いたくないことは言わなくていい。ただし、正直に話してくれ」

「わかりました」

通常、被疑者供述調書を作成する場合には本人の人定等から順番に聴取するのであるが、犯人自身の生い立ちや境遇について話すうちに、本来の事件について急に話をしなくなる場合も多い。これを考慮して竹本警部は事件の核心から調書の作成に入った。

「君が新型コロナウイルスに感染していると知りながら川崎殿町病院に行った理由は何だ」

「コロナにかかってしまったことをある人に相談したところ、その人から有名な病院で『コロナ患者だ』と言えばいい。その病院は悪徳病院だが設備だけはしっかりしている。病院は目の前の患者を拒むことはできないはずだから、そこで入院治療をしてもらえる……旨を教えられたからです」

「そのある人とは誰だ？」

「私が長い間お世話になっている政治団体の天下救済教の総裁である北島先生の弟さんで元議員の北島信夫さんです」

「議員？」

「参議院議員を二回やりました」

「ほう？　元参議院議員がそう言ったわけか……ところで、天下救済教というのは政治団体なのか？」

「元々は世界平和教という宗教団体の教育政治部門だったのですが、教団が分裂した時に政治団体を作ったのです」

「君は、世界平和教の頃からの信者だったのか？」

「親の代から信者です」

「北島信夫議員とはいつからの付き合いなんだ？」

「教団の専従になって六年目に教育政治部門の主任となってからですから、もう二十年になります」

「君にとって北島信夫議員はどういう人なんだ?」

「ひと言で言えば恩人、いや師です」

「すると、北島信夫からの命令は絶対ということか?」

「宗教団体というところはそういうものだと思います」

「今回、有名な病院ということで川崎殿町病院になったのだろうが、川崎殿町病院を指定したのも北島信夫議員なのか?」

「そうです。川崎殿町病院は最新設備が揃っているが、セレブを優先しているということでした」

「それは川崎殿町病院に対する悪意なのか?」

「悪意……というわけではありませんが、北島信夫議員の兄弟分である月岡孝昭先生のお嬢さんに障害者を産ませた病院だとおっしゃいました」

「君にそんなことまで教えたのか?」

「いえ、月岡孝昭先生のお嬢さんは芸能人として有名でしたし、教団のキャンペーンガール的存在でもありました。しかし、今は心を病んで、生まれたお子さんも教団の施設で預かっています。そのことを裏付けるかのように北島議員がおっしゃったので、川崎殿町病院には天罰を下してもいいかな……と思いました」

「ところで君は逮捕された時のことを覚えているか？」

「はい。俺が病院のなかで暴れている時、白衣を着た医者が俺の左足を蹴って、俺が倒れそうになったら、今度は俺の左ケツを蹴ったんです。その後、床で頭を打ったらしく、その後のことはほとんど覚えていません。気が付いたときは身体をマットのようなもので巻かれていて、警察の車に乗っていました」

「この病院でCTを撮っているが、頭や骨には異状ないようだが？」

「足もケツも、もの凄い痛さでした。あの医者は案外、サッカー選手だったのかもしれません。まだ下半身が痛みますが、骨に異常がないのなら、蹴り方が上手いんだと思います」

竹本警部は最初の供述調書をここまでで打ち切ると、読み返したうえで誤りがないことを告げさせ、証書の末尾に署名、指印を採った。そしてビデオカメラの画像を早回しで確認するとビデオの電源を切った。

「いい調書ですね……。ビデオにも全く問題がない」

藤岡警務部長は警備部長と共に調書とビデオ画像を確認して廣瀬に電話を入れてきた。

後日、北島信夫が教唆犯として逮捕され、月岡孝昭が川崎殿町病院に対して恨みを持っていた旨の供述を得ていた。さらに月岡は愛娘《まなむすめ》を絶縁し、孫娘は教団で養育するように下命していた。

「ろくでもない野郎ですね」

「宗教団体を隠れ蓑《みの》にしている輩というのは所詮こういうもんだよ。こんな奴は必ず大きなミスを犯すものだ。その時は再び組織を挙げて悪質宗教団体の本質を世の中にさらけ出してやるさ」

寺山理事官が笑いながら廣瀬に言った。

第七章　労働組合と内部告発

二〇二〇年春季団体交渉は自粛で遅れたため六月に入って一斉に経営側から回答が提示されていた。いわゆる春闘の一次回答である。これは日本において毎年春頃から行われる、ベースアップ等の賃金の引上げや労働時間の短縮などといった労働条件の改善を経営者側に要求し、交渉する労働運動の一つである。

医療法人社団敬徳会にも労働組合が存在している。とはいえ、敬徳会労働組合には組合運動に専従する職員は置かないことになっており、労働組合のトップである委員長は、敬徳会傘下の四つの病院から二年ごとに順番に選ばれていた。

この日、労組の委員長を務めているオペ室看護師長の竹田由香子《たけだゆかこ》が理事長応接室で住吉理事長、廣瀬理事の二人と対談していた。

住吉理事長が穏やかな声で言った。

「第一次回答を行います。定昇率は二パーセント、ベアは二・二パーセント、年間一時金については六・五ヵ月分とする」

定昇とは、一年経つと毎月の基本給が自動的に増える仕組みのことで、ベアとは「ベースアップ」を略した言い方であり、賃金水準を根本的に引き上げることである。

「ありがとうございます。早急に持ち帰り返答したいと思います。それから、付帯意見として提案しておりました、託児所の一般公募と子ども食堂の開設に関する案件に関してはいかがでしょうか」

「付帯意見に関してはいずれも当医療法人として受け入れるものではない。以上です」

「かしこまりました」

竹田委員長は笑顔で答えると、頭を下げて退室した。

今回の回答は、給与面に関して組合の要求に満額回答が示されていた。

扉が完全に締まるのを確認して住吉理事長が訊ねた。

「あの付帯意見はどういう了見で求めてきたのでしょうね」

「単産の労組に加盟している職員が要求して、オルグしているのを把握しています」

企業別組合では対応できない課題に取り組むため、これらが産業別に集まった連合体を単産と呼んでいる。オルグとは特に左翼系の組織等への勧誘活動のことをいう。

「そういう職員はどれくらいいるのですか？」

「この病院には二十人位でしょうか。他の法人内病院の意見を集めるのにはいいのではないかと思います」

「なるほど……理由を答えなかったけれど、あれで本当によかったのでしょうか？」

「あれがベストです。給与面で満額回答を得ていますから、特に強く言ってはこないと思いますが、託児所に関しては産業医の契約がある企業に対してのみ行うこと、子ども食堂に関しては不特定多数の人物を病院内に入れることを禁じている旨の回答で結構かと思います。正式回答用の文書を渡してもいいかと思います。竹田委員長の顔つきを見ても苦情を述べる雰囲気はありませんでしたから」

「それもそうですね。いい笑顔をしていましたからね」

労働組合事務室では竹田委員長が経営サイドからの回答を報告していた。

「給与面は満額回答を得ました」

「おおっ。素晴らしい。このご時世で満額回答は画期的だ。よくベアがあったもんだ」

ほとんどの組合員が笑顔を見せる中、第一病棟の辻本看護師が不機嫌な顔つきで手を挙げた。

「辻本さん、ご意見をどうぞ」

「付帯意見に関する回答を伝えて下さい」

「いずれも却下されました」

「どういう理由からなんですか？」

「それは後日、こちらが受け入れ決定を伝えた段階で聞くことになるかと思います」

「それはおかしいのではないですか？　付帯決議の却下理由を含めて回答するべきで、今のままでは付帯意見を無視して回答を受け入れるのと同じだと思います」

これを聞いていた他の組合員が答えた。

「付帯意見に関しては組合全体の意見ではなかったでしょう。その件に関して、もう一度組合員全体に諮《はか》る必要があるのではないですか？」

「組合の意見として経営サイドにあげたものと考えていましたが……」

「付帯意見はもともと法的拘束力のない意見や希望のことですから、要求とは全く違うと思います」

この意見に多くの出席者から拍手が起こった。

竹田委員長はその日のうちに他の三つの病院の組合支部長に回答結果を報告した。

翌朝、他の三病院の組合支部長から経営サイドからの回答を受け入れる旨の連絡が届いた。

住吉理事長と廣瀬理事に対して回答受諾の申し入れを行ったのはその日の午後だった。

「労働組合といたしましては、今回の経営陣からの春闘回答に対して、これを受け入れることといたしました。よろしくお願いいたします」

竹田委員長の申し入れに住吉理事長が答えた。

「ありがとうございました。これからもさらに力を合わせて一緒に目に見えない敵と闘って参りましょう。廣瀬理事からも一言お願いします」

住吉理事長から振られた廣瀬が答えた。

「今回の新型コロナウイルスの治療に関しては決定的な治療薬も治療法も未知のままです。今後、患者をさらに受け入れることになると、感染症病棟だけでなく、多くの職員の力を借りることになるかと思います。全員の力を結集できるよう組合員の方々によろしくお伝えください。それと、いただいていた付帯意見に関して簡単ではありますが回答書を作りました。読んでいただければわかるとは思いますが、一応、説明しますと、託児所に関しては当院の職員が仕事に集中できることが第一として開設しました。さらに近隣企業の中で、当院の医師が産業医として対応させていただいている企業の中から選別し、要望を頂いたところから職員のお子さんをお預かりすることにいたしました。これはあくまでも日頃お世話になっている企業への恩返しのようなものです。次に子ども食堂に関しては不特定多数の方を院内に招き入れること自体が、この新型コロナウイルスがまん延している中ではあってはならないことと判断しております。以上、文書にいたしましたのでご理解賜りたいと思います」

「ありがとうございます。私もはっきり理解いたしました。持ち帰り、説明いたします。ところで、新型コロナウイルスの患者さんはどれくらい増えるとお考えですか？」

「はっきり申しまして、これは誰にもわかりませんが、当院では最大限度二十人を超える受け入れはいたしません。しかし、一口で二十人といいますが、このうち四分の一が重症者になってしまった場合には、常時百人のスタッフが奪われることになります」

「それはエクモを使用した時だけではなく……ということでしょうか？」

「そうです。これを四交代制で行った場合には、週休を含めると常時三百人が減らされる……ということになります。たった五人の患者だけでそうなることをはっきり意識しておいていただかなければなりません。さらに、院内感染が起こった際には病院を閉鎖しなければならなくなることも忘れないように、これまで繰り返し行っていたトレーニングを引き続き継続していただくよう組合からもお伝えください」

数日後、職員の一人が廣瀬を訪ねてきた。

「医事課三年目主事の松原慎太郎《まつばらしんたろう》と申します。実はインターネットのあるサイトに当院の批判が出ているのですが、どう見ても当院の職員が投稿もしくは背後にいるようなんです」

「ほう。批判はいくらでも言っていただいて結構なんですが、それが悪意のある内部告発のようなものでは困りますね。内部告発の多くは善意に基づくものが多いのですが、そうでないものに対してはその真意を明らかにしておかなければなりませんからね」

廣瀬が松原が手にしていたタブレットを覗き込んだ。

「これですね……」

……国内でも大手と言われる部類に入る医療機関「医療法人社団敬徳会」は弱きを

挫《くじ》き、強きを救う悪しき団体である。その中でも理事長の住吉幸之助とその腹心で、元権力の犬であった廣瀬知剛常任理事は医療機関の利益を追求するあまり、傘下の川崎殿町病院では、弱者たる新型コロナウイルスの感染者を権力の力を借りて追い出し、公立病院に転院させた。さらに近隣の大手企業と手を組んで、正規雇用の子弟だけを選んで、自らの病院が経営している託児所で預かっている。この病院の周辺では新型コロナの影響で日々の生活に困っている弱者が多く生まれていることを知りながら、これには全く目もくれず、御用組合幹部には給与の満額回答を実施している。このような弱者の上に胡坐をかき金儲けに走る医療機関を今後も追及していく……

御用組合とは、雇傭者（使用者）側が実権を握っている労働組合を指し、国際労働機関九十八号条約に違反する組織である。

「なるほど……強い悪意を感じますね……」

「この後段の託児所と生活に困っている弱者というのは、先日の付帯意見のことだと思うのです」

「そのようですね。それと公的機関に転院させた事実は感染症病棟関係者しか知らない話なんですが……」

「放っておいていいのでしょうか？」

「放ってはおきませんよ。固有名詞を出され、しかも事実を歪曲した記載ですからね。調べてみましょう。よく知らせてくれました」

「私はこの病院や医療法人社団敬徳会を信用していますし、経営陣の能力も高く評価している一人です」

「松原君はコロンビア大学でＭＢＡを取得していたんですよね」

「えっ、そんなことまで覚えていてくださっていたのですか？」

松原主事が驚いた顔つきで廣瀬を眺めていた。

ＭＢＡとはMaster of Business Administrationの頭文字で、日本語では経営学修士であり、大学院で経営学を修めたものに対して授与される学位である。

「これからの経営の実践を学ぶ中でよく、この医療法人社団敬徳会を選んだものだと感心していたんですよ」

「ありがとうございます。これからも実務の勉強に努めて参りたいと思います」

松原主事が退室すると、廣瀬は自らのパソコンで先ほどの投稿ページを開いた。

このサイトを運営しているのは医療専門のリクルート業者で、背景に反社会的組織があるものではなかった。

「それにしても個人名をここまで出させて放置しているとは……」

廣瀬はつぶやきながらプライベートのスマホを取り出していた。

「寺山理事官、おはようございます」

「廣瀬ちゃん。ついに新型コロナウイルスの感染者を受け入れたんだって？　ニュースでやっていたよ。大丈夫かい？」

「ご心配いただき、ありがとうございます。公的機関もそろそろ手一杯になりそうですし、知らん顔をしていることもできませんから」

「都内でも刑事部のＯＢが危機管理担当として入っている病院で院内クラスターが発生して、右往左往しているようだからね」

「感染症のプロがいない病院で一般外来に感染者を入れてしまうとそうなってしまうんです。感染症治療には専用の窓口を置かなければならないんです」

「廣瀬ちゃんのところは敷地も広いからね。おまけに危機管理のプロもいるんだから万全の体制を整えているんだろうね」

「『悲観的に準備して、楽観的に実施する』警備警察の要諦を守っています。ところで、今日はご相談がありまして」

「いいよ。廣瀬ちゃんの相談なら、うちにとっても、いい仕事になることが多いからね」

「ありがとうございます。実は、インターネットの医療系求人サイトにうちの病院に関する投稿がなされているのですが、そこに悪意ある内部告発が含まれているのです」

「ほう。珍しいな……」

「告発者に関して、ある程度は絞り込んでいるのですが、証拠と背景を摑んでおきたいのです」

「背景……というと極左系か革命政党系か……ということかい？」

「そうです。うちの病院の労働組合員の中に、単産労組に入っている者もいるんです」

「なるほどね……そのサイトから投稿者を割り出したいわけだね」

「そうなんです。正攻法は当然ながら、アンダーでも調べることができないか……と思いまして」

「アンダーか……」

　公安用語でアンダーとは「非合法」手段を意味していた。

「元、公安部ハイテク捜査官で、現在はヘッドハンティングされて、今や大手コンピユーター企業のエグゼクティブマネージャーになっている人物がいるんだけど、彼に相談してみようか？」

「ハイテク捜査官……中藤慎二《なかふじしんじ》君ですか？」

「ああ、そうそう。彼は今や日本でも有数のホワイトハッカーなんだよ」

「彼は天才的な人でしたからね……僕も何度かお世話になったことがあります。そうですか……やはり警視庁では物足りなかったのですね」

「その点は仕方ないね。でも、今でも公安部のサイバーテロ対策班の連中が、いろいろ相談にのってもらっているようだよ」

「大手のエグゼクティブマネージャーならば、ホワイトハッカーが本業ではないのでしょう？」

「内閣官房も表の仕事でお世話になっているようだよ。彼はＯＳＣＰの資格を持っていたからね。当時、日本国内でも一桁しかいなかったんだよ」

「ＯＳＣＰを持っていたんですか……それは知らなかった……」

ＯＳＣＰとはセキュリティー資格の一つOffensive Security Certified Professionalの略で、クラッキング技術に特化したアメリカの企業のベンダー資格である。ＯＳＣＰは高難易度なため、特に海外でペネトレーションテストを実施する際の必須要件となっている。ペネトレーションテストとは、インターネットなどのネットワークに接続されているシステムに対して、様々な技術を駆使して侵入を試みることで、システムにセキュリティー上の脆弱性《ぜいじゃくせい》が存在するかどうかテストする手法のことである。

「理事官からお願いしていただいてもよろしいでしょうか？」

「乗り掛かった舟だ。頼んであげよう」

廣瀬はサイト名と投稿ページを寺山理事官に伝えた。

「うーん、これは確かに悪意に満ちているな。いわれのない中傷なんだろう？」

「もちろんです」

「うちとしても、今、サイトの中傷は問題になっているからね。表からも攻めてみるよ」

寺山理事官から連絡が入ったのは三日後の午後だった。

「中藤君が例の投稿を読んで、廣瀬ちゃんのことを知って驚いていたよ。一緒にいい仕事をしていたみたいだね」

「彼に助けてもらっただけなんですけど……」

「彼はすぐに調べてくれたよ。投稿者のIPアドレスを調べて、そのパソコンの中にも入ったらしいよ。まず、そのパソコン所有者は文京区《ぶんきょう》の音羽《おとわ》にある革命政党系医療労働組合、全医労協の役員だった。そして面白いのがそのパソコンでZoomで会議やオンライン飲み会をやっていた動画や画像が残っていたそうなんだ」

Zoomビデオコミュニケーションズは、カリフォルニア州サンノゼに本社をおく会社で、二〇一一年に中国山東省《さんとう》出身のエリック・ユアン（中国名・袁征《えんせい》）が創業した、世界中で使われているWeb会議サービス「Zoom」を提供する企業名である。

しかし、同社は中国政府からの要求に応じてアカウントを管理していることが判明、天安門《てんあんもん》事件に関するビデオ会議を閉鎖させており、そこに参加していたアメリカや香港《ホンコン》の人権活動家のアカウントを、中国政府からの要求に応じ停止していたことも判明している。

「日本人は中国政府に近いZoomや韓国政府とつながっているLINEを、個人情報が完全に抜かれていることも知ってか知らずか、平気で使いますからね。地方自治体や公立学校までLINEを推奨している実態を憂慮しているんですけどね」

「タダほど高いものはない……ということを忘れているんだな。というよりも中国や韓国の協力者となっている輩に巧《うま》く利用されていることも知らない、ノー天気な国民ということだ、こんな国民相手にオンライン授業なんてできるわけがないんだが……」

「日本の役人のレベルが低すぎるんですよ」

廣瀬が吐き捨てるように言うと、寺山理事官が笑いながら言った。

「そのおかげで、我々もその気になれば情報収集することもできるんだけどね。実は、この労組が『伝助』でＺｏｏｍで会議やオンライン飲み会をやる前に、スケジュール調整サービスの『伝助』で参加者を特定してくれていたんだ。おかげでうちは実に簡単に面割と、個人情報を得ることができたんだよ」

「寺山理事官、『主《ぬし》も悪よのう』ですね」

「わっはっは。廣瀬ちゃんのお願いはいくらでも聞いてやりたくなったよ。ところで、廣瀬ちゃんのところの、思い当たる人物って名前を言える？」

「辻本直美です。ちなみに生年月日は昭和五十七年五月※※日です」

「ちょっと待ってよ……いるねえ。おや、この女、マル対登録されているよ。それに……この投稿をした本人のようだね」

「えっ、そこでわかるんですか？」

「このパソコンにもカメラが標準装備されていて、インターネットを使用した際には、使用者の画像が残るようになっているんだ。投稿時間と使用者を照合すると一致するよ。勝気な面構えをした女だね」

「画像を送っていただけますか？」

「いいよ。それに、彼女の活動歴だけど高校時代からの筋金入りで、彼女の両親は党の地区委員だよ」

「そうでしたか……」

「看護大在校中には熱海で行われた全国大会に代議員として参加しているな。中央委員にもなっているよ。大物だね」

「あっはっは。そこまで大物でしたか……そりゃちょっと気を付けなければいけませんね」

廣瀬が鷹揚に笑って答えたので、寺山理事官は驚いたように訊ねた。

「クビを切んなくていいの？」

「まあ、大丈夫でしょう。知って使うのも面白いものですよ」

「それならいいけど……。廣瀬ちゃんも、いい経営者になってきた……ということだね。ちなみに、辻本が参加していたオンライン飲み会のメンバーも一緒に画像付きで送っておくよ」

「ありがとうございます。ところで理事官、公安部はどう動く予定なのですか？」

「すでに捜査会議を終えているんだ」

廣瀬は寺山理事官の動きの速さに驚いていた。寺山理事官は話を続けた。

「サイトの運営会社に対する捜索差押許可状の申請はすでに準備を終えている。というのも、このサイト運営会社には以前、貸しがあってな、すでに代表取締役の同意も取り付けているんだ。つまり、ガサ状は形式的なものに過ぎないということだよ。一方で、全医労協に対するガサの令状は地裁の当直裁判官の日程を選んで実施するつもりなんだ」

「裁判官の中にも向こうとつながっている連中がいますからね」

「そこなんだよ。公安部として一番安心できる裁判官が明後日当直なんだ。午後十時に令状を持ち込んで、翌朝九時にガサを打つ予定で準備を進めている。何しろ全医労協のコンピューターやサーバーは宝の山だからな」

「すると、今、お手元にあるのは『違法収集証拠の山』ということですね」

廣瀬が笑って言うと寺山理事官もクスリと笑って答えた。

「それを言っちゃあ、おしめえよ。てな。すでに全医労協の行確は始めているし、建物全体の設計施工図も入手している。電源を落とされないように機動隊員を突入させるつもりだよ」

「そこまでやっていたのですか……」

「廣瀬ちゃんも何か考えているんだろう？　名前がネットに出て、全国区になったことだしね」

「僕は院内広報で揺さぶりをかけようかと思っていたところです」

「それならば、タイミングを合わせようじゃないか。三日後の午前九時でどうだい？」

廣瀬は心から謝辞を述べて電話を切った。間もなく、廣瀬のパソコンにデータが送られてきた。

「なるほど……彼女もメンバーだったのか……」

廣瀬はパソコンで院内事務連絡を作り始めた。

医療法人社団敬徳会理事会

「各位
最近、サイトの中で当院および一部職員対していわれなき誹謗《ひぼう》中傷を目的とした書き込みがありました。

その内容は下記のとおりです。

……国内でも大手と言われる部類に入る医療機関『医療法人社団敬徳会』は……

この投稿は文京区内の事務所から発信されており、事務所の代表者等の組織的背景もすでに明らかになっております。

本件に関して理事会は名誉毀損《きそん》事案として捜査機関に対して告訴いたしました。

しかしながら、この書き込みには院内関係者しか知り得ない事実を、理由の如何《いかん》にかかわらず外部の者に伝えてしまった職員の存在があることも事実です。事実をあえて捻じ曲げ、悪意あるこのような文書となったことは、仮に当人の意に反した形になってしまったとしてもその責を逃れることはできません。

なお、本通知は内部告発を否定しているものではありません。建設的な意見としての内部告発は結果的に組織をよくすることにもなることも経営サイドとして理解しております。

パソコンをお持ちの方は下記のURLで実物をご確認下さい」

廣瀬はこれを住吉理事長の了解を取ったうえで、三日後の朝、院内メールで発信することにした。

ガサ当日の午前八時四十五分、廣瀬のプライベートのスマホが鳴った。

「廣瀬ちゃん、準備完了だ。十分後に配置完了、九時ちょうどにマル機を突入させる。すでに捜査員数名はビル内に入っているけどな」

「マスコミ等にも気づかれていないのですか？」

「オウムの頃とは違うよ。警察庁で知っているのはチヨダの理事官だけだ。公安部長、公総課長も出来がいいからね」

「失礼しました。成功を祈っております」

「久々にワクワクしているよ。廣瀬ちゃんのおかげだ。では」

廣瀬は午前九時ちょうどに至急報として院内メールを発信した。

総務課、医事課、医局、看護師ステーションで次々にハレーションが起こった。竹林医事課長がすぐに駆け込んできた。

「廣瀬先生、なんですか、あれは？」

「まあ、内部告発の一つですね」

「内部告発……といっても、この文章を書いたのが、うちの職員というわけではないのですよね」

「どうでしょうね。別に僕は犯人捜しをしようとは思っていませんが、組合がどのような反応をするか……ですね」

「組合……ですか？」

「個人はともかく、組織を否定されたのですから、黙ってはいられないでしょう」

廣瀬のあまりの冷静さに竹林課長が憮然とした顔つきで訊ねた。

「廣瀬先生は犯人をすでにご存じなのですか？」

「目星はついていますけどね。彼らは今日出勤しているようですし、もう少し様子を見てみましょう」

廣瀬は笑顔で答えた。そこに労組委員長の竹田由香子看護師長が訪ねてきた。

「廣瀬先生、あの投稿者は辻本直美さんですか？」

「さあ、どうでしょうね。竹田さんはどう思いますか？」

「労組の会議でも、付帯意見の結果について文句を言っていましたから……」

「そうですか……僕が犯人捜しをしても仕方ありません。今後、理事会を開催して捜査当局への告訴をするのかどうか確認しますけどね。これは川崎殿町病院だけの問題ではなく、医療法人社団敬徳会全体の問題として取り上げる予定です」

「労働組合も当院だけでなく、医療法人社団敬徳会の組合です。他院からも今後問い合わせがくると思います」

「しばらく様子を見るしかないですね」

廣瀬は表情を変えることなく言った。

廣瀬は二人が部屋を出て行くとパソコンで人事データを確認して、廣瀬にしては珍しくテレビのスイッチを入れた。

各局がワイドショーで競うように新型コロナウイルス関連の報道を行っていた。

九時二十分を過ぎた時、ニュース速報の字幕が流れた。

「警視庁公安部は現在、都内にある労働組合に対して捜索差押を実施中。周辺道路は封鎖されている模様です」

これを受けて女性アナウンサーがディレクターから手渡された原稿を読み始めた。

さらに十分後、ヘリコプターが捜索差押が行われている文京区内のビルの上空から報道を始めた。

「医療従事者を守る労働組合ビルの周囲を完全装備をした機動隊が固めています」

この映像を見たアナウンサーが言った。

「この機動隊の人たちはまさに密そのものですね」

日頃から反警察発言が多いテレビコメンテーターも調子に乗って言った。

「権力を持つ人たちは、現在の医療従事者のご苦労を知らないのでしょうか。憤《いきどお》りを感じますね。容疑は一体何なのですか」

レポーターが現場の様子を伝えながら答えた。

「警視庁は、この捜索差押について、午前十時半から警視庁本部で記者会見を行うと発表しています。現場では『権力による違法捜査』という怒号が響いています」

捜査の内容がわからないにもかかわらず、ひとしきり警察批判を行った面々は再び新型コロナウイルス感染問題に話題を切り替えた。

廣瀬は薄笑いを浮かべて部屋を出て外来に向かった。


一般外来では廣瀬の姿を認めた牛島がやってきた。

「廣瀬先生、革命組織系の者が院内にもいるんですね」

「これだけの職員がいれば、それなりの人数がいてもおかしくはないだろうね」

「外来にも、それらしいのがいますね。今回の病院の周辺の生活困窮者に関する記述で、おそらく『子ども食堂』のことを言っているのではないかと感じました」

「ほう、さすがだね。外来でその活動をしている職員はいるの？」

「私が知る限り二人います。今回特設された感染症病棟の看護師長もその一人だと思います」

「なるほど……」

廣瀬は牛島の公安的センスに舌を巻く思いだった。牛島が続けた。

「感染症病棟で暴れた案件も出ていましたでしょう？　奴を見送った時の看護師長の目つきが気になっていたんです」

「そうですか……僕は全く気にしていなかったな」

「おそらく彼女が当院の党関係者では一番上だと思いますよ。その下にいるのが辻本でしょう。辻本は党の下部組織で中央委員でしたから」

「そんなことまで知っていたの？」

「感染症病棟看護師長の重野《しげの》富美子《ふみこ》と辻本は大学の先輩後輩ですからね。重野は国立病院からの転職組のようですが、辻本は成田病院からの転勤組です」

「そのとおりですね。凄いな、僕も先ほど人事記録を見て発見したんですよ」

「辻本の旦那は次期県議会議員候補なんですよ。県議に当選したら辞めてしまうかもしれませんね」

「なるほどね。そういうことなら泳がせても意味がない……ということか……」

「辻本が主犯なのならば、ここでパクってもらって、旦那の出馬を潰す……という二重の意義もありますね」

「面白いな……実に面白い。しかし、そういう立場でありながら、彼女はどうして足がつくようなことをやってしまったのでしょう……」

「案外、彼女も政治の世界に行きたいのかもしれませんよ。川崎地区で子ども食堂を作ったら実績になりますからね」

「そうか……そういうことなら、早めに芽を摘んでおいた方がいいのかもしれませんね」

　廣瀬は先ほどまでの苦い顔つきから、実に愉快そうな顔に変わっていた。

「こんなに早く結果が出てくるとは思いませんでしたよ」

「あの院内メールは衝撃だったと思いますよ。私も数十人から相談を受けましたから。おそらく当人たちも相当焦っていると思いますよ」

「今、僕は顔を合わせない方がよさそうですね。彼らの動きをもう少し見ておきますか。あ、ところで、現在公安部が全医労協にガサを打っているようですよ。テレビでやっていました」

「えっ、まさか、本件で……ですか？」

「そのようですね」

廣瀬は笑って答えた。

廣瀬は再び自室に戻ると住吉理事長に電話を入れて、重野と辻本の話を伝えた。

「そうでしたか……すると病院内にも細胞が増えている可能性がありますね」

「細胞……懐かしい響きですね。共産主義国家には『細胞』という名の組織単位がありましたからね」

「共産主義国家だけでなく、私が学生時代には学園紛争はほぼ終わりかけていましたが、大学細胞、工場細胞、農村細胞など、共産主義を信奉する連中が原理研と闘っていた時代でしたからね」

「理事長の母校の紛争は医学部問題からでしたからね」

「さすがに公安部出身ですね。日本を本気で共産主義革命しようとする夢見る夢子がたくさんいたのですからね。今となっては笑い話のような話ですが、時代が時代でしたから……北朝鮮を『地上の楽園』『衣食住の心配がない』と宣伝し、それに呼応した日本の進歩的文化人・革新政党・革新団体が繰り返し北朝鮮の経済発展の様子を伝えて、数千人もの日本人妻を北朝鮮に送っていたのですからね」

「そうですね。今でこそ責任逃れの発言を繰り返していますが、『38度線の北』なんて本を出版した責任は大きいと思います」

「いつの時代も詐欺師のような政治家は多いですからね。与党の法務大臣経験者でさえ、厚顔無恥な選挙違反を夫婦でやっているのですから」

「今や医療よりも政治の方が崩壊している感が強いです」

「またまた、話が飛んでしまいましたが、院内の細胞は見つけることができるのですか？」

「ほぼ解明しています。うちには牛島君という優秀なスタッフがいますから」

「そうでしたね。警察も容疑者を検挙した時に調べ尽くすことでしょうね。そうなると、当院の現職看護師長が逮捕されることになりますね」

「逮捕もすぐにではなく、一旦、任意で呼ばれることになるでしょうから、その時でいいのではないかと思います。自主退職扱いにはせず、懲戒解雇にしますから、それを見た構成員は自主的に辞めていくと思います」

「構成員……細胞ですね」

「はい、細胞です」

公安部の捜査は驚くほど速かった。予め、違法収集証拠があったとはいえ、適正手続によって押収されたパソコンやサーバーの解析も迅速かつ正確だった。

捜査員がサイトの投稿者として辻本直美を特定したのは捜索差押が行われた日の午後三時過ぎだった。

寺山理事官から廣瀬のプライベートのスマホに電話が入った。

「廣瀬ちゃん、辻本直美の明日の勤務予定はどうなっている？」

「明日は日勤ですが、まさか、もう任意で引っぱるのですか？」

「そのつもりだよ。彼女の携帯電話の通話記録等を消されたくないんでね」

「何か有力な証拠でも見つかったのですか？」

「たいしたものだよ。それにしても辻本は入院中の重病ＶＩＰの個人情報データを持ち出して業者に売っていたようだな」

「買い取った業者は何に使っていたのですか？」

「入院中の重病ＶＩＰは政財界の重鎮だからね。経済的な影響も大きいわけで、ライバル企業や重病ＶＩＰが所属する企業内の人事抗争にも利用されていたようだよ。労働組合の裏仕事として、裏金作りにも活用されていたようだな」

携帯電話の通話記録等は通信会社に対して令状を示して入手すれば済むことである

が、個人的に行っているSNS等の情報は消されてしまうと復元が困難だった。

「すると朝イチですね」

「制服に着替える前がいいので、八時半にはガラを押さえたいんだ」

「彼女はだいたい八時半までには出勤していますから、更衣室に入る前に声かけしておきましょうか」

「それはありがたいけど……まあ、廣瀬ちゃんは役者だから、巧くやってくれるだろうね。八時二十分に携帯に電話を入れるけど、どこから入ればいいのかな？」

「職員用通用口が正面玄関の左手にあります。普段は警備員が配置されていますが、その時間に院内刑事の牛島を配置しておきますので、彼に案内させます」

「了解。ところで、全医労協のデータは本当に宝の山だったよ。起訴した段階で中藤君とも一緒に一杯やろうじゃないか」

「それはよかったです。僕も楽しみにしています」

翌朝、八時二十五分に辻本直美が出勤してきた。職員用通用口から院内に入ったところで廣瀬が声を掛けた。

「辻本さん、おはようございます」

廣瀬を見た瞬間に辻本の顔が引きつった様子で、声が出なかった。それを見た廣瀬が言った。

「今、別室に警察の方がいらっしゃっていて、辻本さんに聞きたいことがあると言っています」

「ど、どういうことでしょうか？」

「『ご本人にしか伝えることができない』ということで、僕も全くわからないのです。辻本さんの出勤時間は僕が確認していますから、とりあえず先に話を聞いて下さい。第二応接室に通していますから」

辻本は突然のことにどう対応していいのかわからない様子だった。

「これから多くの職員が出勤してきますから、目立たないうちに、ちゃちゃっと済ませておいた方が、後々、辻本さんにとっていいような気がしますけど……」

廣瀬の「ちゃちゃっと」の一言に辻本はその気にさせられていた。辻本が頷いたため、廣瀬は辻本を警視庁公安部の捜査官が待つ第二応接室に案内した。

「失礼します。辻本を連れて参りました。私は席を外しますのでよろしくお願い致します」

第二応接室の扉を開けて、室内の捜査官に言うと、廣瀬は辻本の肩に軽く手を当てて優しい素振りで彼女を室内に誘い入れた。三人の捜査官は皆、警察官という固い雰囲気はなく、穏やかな雰囲気を醸《かも》し出していた。

「辻本直美さんですね。さ、どうぞお入り下さい」

辻本も緊張感がほどけたのか、素直に頭をペコリと下げて応接室に入った。それを確認して、廣瀬が扉を閉めた。

十五分後、廣瀬のプライベートのスマホが鳴った。寺山理事官から、捜査官が辻本を逮捕した旨の連絡があった。廣瀬はすぐに第二応接室に向かった。

「今、警視庁から電話が入りましたが、どういうことでしょうか？」

捜査官の代表者が廣瀬に名刺を渡しながら答えた。

「理由もお告げせず、この場を提供していただき感謝しております。あくまでも、当人の人権保護を優先した結果でした。辻本容疑者は八時三十八分に東京地方裁判所が発布した通常逮捕状の効果に基づき通常逮捕いたしました。本人も事実を認めており、弁解録取書に署名指印をしております」

廣瀬は驚いた素振りで辻本に訊ねた。

「辻本さん。これは一体、どういうことですか？」

すると、辻本が椅子に座ったままキッと廣瀬を睨みつけて答えた。

「理事会が告訴したからでしょう。これから弁護士と相談して闘います」

「闘うって、警察とではなく、医療法人社団敬徳会と闘う……ということですか？」

「市民の敵となっている権力全てです」

それを聞いて廣瀬がとぼけたように言った。

「それはまた崇高なお考えですね。組織の情報を盗んで金に換えるような狡《ずる》いことは止めて、世のため人のためにいいことをなさってください」

辻本が唖然とした顔つきで廣瀬を眺めるのを尻目に廣瀬は捜査員に「あとはよろしく」と言って席を外した。

捜査官が辻本に「行こうか」と一言発して女性捜査官が辻本の右ひじを抱えるようにして立たせると、代表の警部が先導して第二応接室を出た。辻本の手には手錠はされていなかった。駆け足で出勤してくる多くの職員も、辻本が連行されていることには全く気付かない様子だった。

廣瀬は敷地を離れる捜査車両に一礼して住吉理事長に電話を入れた。

「今、辻本直美が逮捕され、警視庁に連行されました」

「広報の準備が必要ですね」

「こちらにマスコミが登場するのかどうかわかりませんが、全医労協での強制捜査もありますし、理事も今日逮捕されていますから、準備だけはしておきます」

「あとの細胞の処理もお願いしますよ」

「これから重野に辻本の逮捕を告げますから、その動きを見て次の手を打つ予定です」

「廣瀬先生が味方でよかったと、心から思いますよ」

住吉理事長が生真面目な声で言った。

エピローグ

川崎殿町病院内の看護師人事が発表された。

持田奈央子は人事担当看護師長の兼務を離れて医療法人社団敬徳会理事となり、傘下四病院の統括看護師となった。

総看護師長には病棟看護師長が繰り上がった。さらに病棟看護師長には成田病院の病棟看護師長が就任した。

病棟の山崎副師長は辻本看護師を筆頭に四人の看護師が名誉毀損罪、偽計業務妨害罪、電磁的記録不正作出及び供用罪の被疑者として逮捕されたことの責任を取って辞職した。

「今回の看護師の幹部人事はまさに、大岡裁きのような持田裁定でしたね」

住吉理事長が赤坂本院の理事長室で廣瀬に言った。

「看護師案件は彼女に任せてよかったと思いました。また、情報漏洩問題に関しては国税も大きな興味を示している様子で、東京地検特捜部も捜査に着手したようです」

廣瀬の説明に住吉理事長は沈痛な面持ちで言った。

「医療法人社団敬徳会としても入院中の重病ＶＩＰや企業に対して事情説明をする必要があります。準備をお願いできますか」

「すでに草案は出来上がっています。ただ、この情報を金で買って利益を得ようとした企業の体質も変わってもらわなければなりません」

「確かに社会的責任も明らかにする必要があります。その原因を作ってしまった川崎殿町病院で責任を取るのは病棟の副看護師長だけでいいのでしょうか？」

「川崎殿町病院を担当している常任理事として、僕もその対象となることを表明致します」

「そうですか……草案を早めに提出して下さい」

辻本直美容疑者が電磁的記録不正作出及び供用罪で起訴されたことを受け、医療法人社団敬徳会は住吉理事長が緊急理事会を招集し、常任理事の廣瀬に対する懲戒処分を発表した。処分は三ヵ月間本給三〇パーセントの減給だった。減給とは懲戒処分の一種で本来ならば支給されるべき賃金の一部を差し引かれるものである。差し引く金額は、労働基準法により限度が決められている。処分内容は医療法人社団敬徳会内だけでなく、記者会見も行われたが報道する機関はなかった。

記者会見から二日目の朝、住吉理事長から廣瀬に電話が入った。

「廣瀬先生にお願いがあるのです。実は、厚生労働省の審議会仲間から感染症専門医師を一人推挙されているのです。廣瀬先生に直接面談していただいてよろしいでしょうか」

「それは最終面談……ということですか？」

「はい。まだ若い医師なのですが、専門医として、相応の能力はあるということなのです」

「どなたかのご子弟なのですか？」

「築地《つきじ》中央病院の築山《つきやま》理事長のご子息です」

「ほう。築山先生から直接依頼を受けられたわけではないのですね」

「彼を預かっている大学病院の副学長です。築山理事長も本人をもう少し修業させたいご意向のようなのです」

「そういうことでしたら、面談してみましょう」

処分から一週間後、住吉理事長から新人医師候補者の面談の日程の連絡を受けた。面談方法は廣瀬に任された。

三十二歳の大学病院勤務医師は大学卒業後、三年間の留学を経て母校の付属病院の医局に入っていた。

廣瀬は築山医師を西麻布《にしあざぶ》交差点の路地裏のビルの二階にひっそり佇《たたず》むカウンター十席のこだわりの天ぷら店で面談することにした。

この店は百年以上にわたる歴史を持ち、赤坂花柳《かりゅう》界料亭への仕出しを行っていた魚屋が六本木《ろっぽんぎ》に出した天ぷら店で、主人は日本橋《にほんばし》の店を経て、この店を開いた、揚げ手として三十年以上の熟練の技が光る達人だった。

「初めまして築山と申します」

三十二歳の医師は、まだ雰囲気に幼さが残っており「お坊ちゃま」の印象を拭《ぬぐ》えない弱さがあるように廣瀬は第一印象を持った。

「今日は固くならないで気楽に話をしましょう。日本酒がお好きと聞いていたのでこの店にいたしました」

「なるほど……いろんな和食屋には行きましたが、天ぷら屋に入るのは実は初めてなんです。油の匂いはいいもんですね」

「この店では淡口ゴマ油を二、コーンサラダ油を一の配合だそうです。ゴマ油だけでは香りが強すぎて味に重量感があり、素材本来の風味を殺してしまうことがあるそうです」

「なるほど……浅草辺りの天ぷら屋の近くを通るとゴマ油の匂いが強いですからね」

「それも風情《ふぜい》と言えば風情なんでしょうが。昔から『天ぷらは揚げ手』と言います。どんな名店でも揚げ手が変わると味が変わります。ここは僕の一押しですよ」

廣瀬が笑って言うと簗山も安心したようで、とりあえずビールのグラスを一気に空けて言った。

「親父の話では、廣瀬先生は医者じゃなくて経営のエキスパートだそうですね」

「エキスパートでもなければ経営を学んだこともありません。僕は元々警察官でした」

「警察官？　それっておまわりのことですか？」

「警察嫌いの人は概してそう呼びますけどね。確かに交番の警察官もやっていましたから」

「どうしてまた医療の世界に、しかも、どうやって住吉理事長先生とお知り合いになったのですか？」

「警察を辞めて危機管理の会社を設立した時にいろいろな方からお声掛けしていただいて、講演活動をするようになったんですが、その時に厚生労働省や東京都総合病院協会からもお話を頂いたのが病院との関わりの始めですね」

「警察と危機管理……今一歩わからないな……。危機管理って実際には何をするんですか？」

「地方公共団体、企業等のリスクマネージメントのコンサルティングがスタートで、その中でリスクがクライシスに発展した際の対処が主な仕事ですね」

「なるほど……いわゆるコンサルですね。ぶっちゃけた話、儲かるんですか？」

廣瀬もビールを飲み干し、築山の意見を聞いて純米の冷酒を注文した。

「食べていけるくらいの収入はありますよ」

「そうすると、医療法人社団敬徳会の理事だけじゃないんですね？」

「敬徳会もクライアントの一つですね」

「幾つぐらいのクライアントがあるんですか？」

「役員や理事になっているところは五件だけですが、その他の顧問は十数社ありますよ」

廣瀬が顔色一つ変えずに答えると簗山は唖然とした顔つきで廣瀬の顔を眺めていた。ちょうどその時、女将《おかみ》によって冷酒が運ばれ、猪口《ちょこ》を選んで改めて乾杯をすると、主人が最初の海老の頭の素揚げを油切りの和紙が敷かれた皿の上に置いた。

「さあ、いただきましょう」

廣瀬が軽く塩をつまんで揚げたての海老の頭に振り、箸でつまんで口に入れた。

「サクッ」と軽い音とともに海老の甲殻の香りが口に広がる。

「宮崎《みやざき》さん。実に美味《おい》しい」

「ありがとうございます」

主人が屈託のない笑顔で礼を言った。それを見ていた簗山も廣瀬の真似をして海老を口に運んだ。

「やべっ。これ、むちゃくちゃ美味《うま》いじゃないですか。やべー」

廣瀬は内心呆れながら訊ねた。

「美味しいでしょう?」

「いや、こんな美味い天ぷら初めてっすよ。これはやばいな」

海老の頭を二つずつ食べ終わった時に、今度は海老の天ぷらが皿に載せられた。廣瀬が簗山に言った。

「一四目は塩、次は天つゆで食べてみて下さい」

築山は言われたとおり、初めの天ぷらを塩で食べた。

「えっ。なんすかこれ、やっべー。これが本物の天ぷらですか」

「そう。これが本物ですよ。何事も本物は早めに知っておいた方がいいでしょうね」

「天ぷら、恐るべしっすね。今まで一流料亭や蕎麦《そば》屋で食ってた天ぷらはなんだったんですかね」

「まあ、のようなもの……というところですか」

その後、春野菜、海の幸が出るたびに築山は「やっべー」と「むちゃくちゃ」「めちゃくちゃ」を連発していた。

天ぷらが揚がる間、二人で一升近い酒を飲んだが、どちらも酔った素振りは見せなかった。〆《しめ》に入って天茶か天丼のどちらかを尋ねられた。築山は天茶を知らなかったようなので、廣瀬がかき揚げの出汁《だし》茶漬けであることを伝えると、首を傾げながら両方を食べたそうだったので、廣瀬は天丼を一人前持ち帰りにしてもらって天茶を勧めた。

「廣瀬先生の言うとおりにすれば間違いないんで、天茶をいただきます」

間もなく主人が天茶用のかき揚げを揚げ始めた。かき揚げの準備ができると阿吽の呼吸で女将が蓋つきの茶碗と同じく蓋つきの椀を二客ずつ運んできた。主人が「はい」と言うと、女将が茶碗の蓋を開ける。ジャストタイミングとはまさにこの瞬間で主人が油切りをしたかき揚げを茶碗の中に入れると「ジュッ」と音がした瞬間に女将が再び蓋を閉めて、客人である簗山の前に置いた。

「なんか、カッコいいすね」

すると微笑ましそうに様子を見ていた主人が簗山に言った。

「蓋の裏にワサビが載っておりますので、一緒に召し上がって下さい」

言われたとおりにした簗山が準備されていたレンゲでワサビをかき揚げの上に載せて出汁、ご飯と一緒にすくって口に入れた。簗山は初めて口にした天茶を二噛みして喉に流し込むと、至福の表情を見せて言った。

「最高にヤバイっす。めっちゃ美味いっす」

最後に水菓子を食べて二人は店を出た。

「廣瀬先生、一軒、行きつけの店にお付き合い願えますか？」

「いいですよ」

廣瀬は簗山の「お日頃」を知ってもいいかと思った。簗山はタクシーを拾って銀座《ぎんざ》に向かった。タクシーの車内で簗山は、

「本当はギロッポンのキャバクラでもどうかと思ったんすが、やっぱし廣瀬先生ならザギンの方が合うかと思って」

と、妙にはしゃいでいた。店は銀座七丁目の集合ビルの八階にある、こじゃれたクラブだった。

「まあ先生、いらっしゃい」

築山の担当らしきホステスが築山にしなだれかかるように寄り添ってきたが、後ろに廣瀬の姿を認めて身体を引くと、築山に訊ねた。

「もしかして、お連れ様ですか？」

「そう。大事なお客様だ。いい子を呼んでくれよ」

この店でボトルを半分ほど空けたところで廣瀬が築山に言った。

「築山先生、僕はそろそろ……」

「えっ、そうなんですか」

やや不服そうな顔を見せたが、築山は会計の仕草をして席を立った。通りまでママ以下四人が見送った。電通通りまで出たところで廣瀬が築山を誘った。

「築山先生、ワンショットだけバーに付き合っていただけませんか」

築山はやや寂しげな表情を一変させて答えた。

「いいっすね。廣瀬先生のテリトリーを知っておきたいっす」

廣瀬は銀座六丁目にあるビルの二階にある伝統あるバーに築山を連れて行った。

エレベーターの扉がそのまま店の入り口になっている。店内に入るとそこがまさにオーセンティックバーであることが認識できる。濃い木目のカウンターには二組の客が入っていた。マスターが廣瀬を認めると一番奥の席を勧めた。

「カッコいいバーですね」

周囲を見回しながら築山が言った。廣瀬は席に着くと築山に言った。

「築山先生も三十二になったのなら、少しずつ大人の階段を上がる練習をしていた方がいいと思いましてね」

「さっきの店はやばかったですか？」

「やばかった……その意味がよくわからないんだけど、いい店だったと思いますよ」

築山が怪訝《けげん》な顔をして訊ねた。

「ヤバイって言葉、先生は使わないんですか？」

「その点もちょっと注意しておこうと思っていたところなんです。先生はヤバイの本当の意味を知っていますか？」

「良し悪し、いろいろあるんじゃないかと思いますが……」

「そう。若者の言葉の乱れは平安時代からすでに言われていたようですが、このヤバイも現代の言葉の乱れの最たるものだと思います」

ヤバイは盗人などの隠語である「やば」の形容詞化で、牢屋そのものや看守を意味する「厄場《やば》」から、これにかかわってしまうような危険な状況等を示す。

廣瀬の説明を聞いた築山が憮然とした顔つきで言った。

「最たるものですか」

「まあ、先に注文しましょう。好きな酒、カクテル、何でも結構ですよ。もし、名前がわからなかったらバーテンダーに好みの味や飲み方を伝えると、教えてくれます。僕も二十五以上、あらゆる酒を勉強中ですから」

「そうなんですか……ちなみに廣瀬先生は何を飲まれるんですか？」

「今日は天ぷらでしたから、すっきりしたロングカクテルにしようかと思っています」

「なるほど……」

食べ物や酒の話題には極めて従順な築山を廣瀬は笑顔で見ていた。結局、廣瀬はスロージンフィズを築山はジェームズ・ボンドが映画の中で好んだウォッカマティーニをシェイクでオーダーした。

簗山が自ら話題を戻した。

「ヤバイは使わない方がいい……ということですか？」

「仲間内はいいかもしれませんが、大人や患者相手には禁句に近いと思います。それから、食事中にもよく使っていた『めちゃくちゃ』と『むちゃくちゃ』。これも混同して使っていたようですけど……」

むちゃくちゃ（無茶苦茶：漢字は当て字である）の意味は、道理に合わないこと。程度がはなはだしいこと。知識（常識）がないこと。乱暴な様を表す「無茶」を強める言葉で、原因に対して使うものである。他方、めちゃくちゃ（滅茶苦茶：無茶苦茶同様に漢字は当て字である）の意味は、まるで道理の合わない、筋道の通らない様。程度のはなはだしい様。非常に混乱した様を意味する言葉で、結果に対して使うものである。

廣瀬の説明に今度は簗山が食って掛かった。

「廣瀬先生はそうおっしゃいますけど、どちらも天下のＮＨＫだって平気で使っていますよ」

「それは僕もよく知っています。特にグルメ番組ではコメントをする若いお笑い芸人や、よく勉強をしたことがない役者、そして時として料理人も使っていますよね。僕もＮＨＫでヤバイを含めたこのような言葉を聞くと、受信料の支払いを拒絶したくなりますよ」

「今や、標準語になりつつあるんじゃないですか？」

「それは学問の差だと思います。テレビ番組を制作する立場の人が、どのレベルの視聴者に合わせて作っているのか……です。しかし、もし、先生がこれを標準語だと思って、患者の前でＭＲＩやＣＴ、各種の検査結果を見て『やっべー』『むちゃくちゃ』と言ったら、患者はどう思うでしょう」

築山は目が点になった様子でマジマジと廣瀬の顔を眺めながら呟くように言った。

「咄嗟に出てしまうかも……いや、マジに使ったことがあるかも……」

「癖って怖いものなんですよ」

「なるほど……確かに、やばい……いや、拙《まず》かったですね」

翌日、廣瀬は住吉理事長に「素材は悪くありません。もう少し修業してもらってからにしましょう」と伝えると、住吉理事長は大笑いして了承した。

「新型コロナウイルスは結果的に中国が思った以上に世界を恐怖に陥れてしまったようですね」

「中国にとっては結果オーライ……ということでしょう。世界がコロナで疲弊し始めた頃合いを見て、海への覇権を広げ始めましたから」

「こういう時、病院というのは何のためにやっているのかわからなくなりますよ。多くの罪もない人の命が、覇権争いの道具に使われているのですからね」

住吉理事長が赤坂の本院の理事長室に廣瀬を呼んで今後の対策について協議しながらも、弱音に近い発言をしていた。廣瀬が答えた。

「しかし、当の中国共産党幹部は、もう少し自国民が死亡すると思っていたのではないかと思いますよ。中国では普通の肺炎で年間百万人以上死んでいるわけですからね。たとえ十万人がコロナで死んだとしても口減らしとしては何の役にも立たないわけですからね」

「すると、国内ではまた新たな病気が流行する……ということかい？」

「どこかで実験が行われることになるかと思います」

「すると、第二、第三の感染症が広がってくることを想定していなければならない……と？」

「もう少し政府もしっかり対応してもらいたいところですが、医療機関そのものが政治の言いなりにならない対策が必要かと思います。その中で、医療法人社団敬徳会は国や地方自治体に医療機関としてもの申し、言いなりにはなりませんでした。収益も落ちることなく、かつ想定以上の新型コロナウイルス患者を治療できたのですから」

「医師の立場から言えば、治療と治癒は違いますからね。インフルエンザと同じで一度罹患した者が再び感染する可能性もあるわけでしょう?」

廣瀬は住吉理事長の医療経営者としてのやるせない気持ちが痛いほどよくわかっていた。

「理事長、確かに医療全体を見ればわかるとおり、医は仁術ではありますが、そこに経営手腕が伴わなければ『仁』を語る意味がありません。職員を弱らせてしまう経営者に医療を語る資格はないと思います。この新型コロナウイルス問題は様々な分野に大きな損害を与えています。一番可哀想なのは、夢と希望を持って起業したばかりの若い世代だと思います。それにひきかえ、創業何十年という会社が、たかだか数ヵ月の業務停止で倒産してしまうのは、歴史に胡坐をかいて企業努力して来なかった経営者の資質の問題です」

「それはわからないわけではないが、大手ばかりのこの辺りの工場はいざしらず、川を挟んだ東京都大田区の中小企業が受けた影響は大きいと思うよ」

「それは確かにあるかもしれませんが、企業である以上、相応の内部留保が必要です。自転車操業では会社は成り立ちません」

「廣瀬先生は厳しいですね。もちろん、病院の中にも経営が苦しくなっているところがあるのも実情です」

「個人病院で感染症患者を受け入れるには相応の準備が必要です。川崎殿町病院も感染症病棟まで持っていながら、重篤者は三人までしか受け入れませんでした。それも三人同時にエクモを使用したわけで、感染症病棟のICUだけで六十人のスタッフが常駐していたのですからね。スタッフの尽力がなければできなかった治療です。しかも、その三人はいまだに感染症病棟でリハビリ中です」

「退院の見込みはいつ頃になるのかな?」

「まだあと一ヵ月は必要ですね」

「現在は十五人が入院中でしたね」

「保健所職員のご労苦もよく理解しているつもりなのですが、エクモを持っていながらも、これを使うことができるスタッフがいない病院がある……という笑い話のようなところもあるわけですからね。そういうところの尻拭いをさせられるのはいかがなものかと思います」

「その点は廣瀬先生に判断をお任せしますよ。そういえば、川崎殿町病院から追い出された暴行犯人の患者はどうなったのか知っていますか？」

「公判手続きが滞っているそうです。本人もあれから重篤化してしまったようで、現在は国立病院のＩＣＵに入っているそうです」

「おやおや、案外、うちの入院が長期化していたら大変なことになっていたかもしれませんね」

「本来ならば患者を選ぶことはできませんが、感染症に関しては、応召義務は免除される場合がありますからね」

「オリンピックも開催は難しいだろうからね。何か、国民に明るい夢を与えてくれる施策が欲しいところですが、まるで明るいニュースまで自粛させられているようですね」

「オリンピックを話題にしているのは開催国ですから仕方ないのかもしれませんが、ＩＯＣといっても、所詮はアメリカのテレビ放送網の放送権商売の片棒を担いでいるだけのことですからね。四年に一度のスポーツの祭典かもしれませんが、医療や化学等の人の命に係わるような学問にも、もっと金をつぎ込んでもらいたいものです」

廣瀬が言うと、住吉理事長が思い出したように言った。

「そういえば、月岡孝昭参議院議員のお嬢さんはどうなりましたか」

「月岡香苗さんのパートナーの女性が失踪してしまったようで、彼女は現在、国立病院の精神科に入院中です」

「お子さんはどうなっているのかな？」

「現在は父親の月岡孝昭議員が引き取って、所属する宗教団体の下部組織にケアする施設があるらしく、そこに入院したため、栗田もその後の助産師としての業務を打ち切った旨の連絡がありました」

「そうですか……」

川崎殿町病院に戻った廣瀬は総務課の竹林課長の席に向かった。

「ああ、廣瀬先生、新型コロナウイルスの第二波が来たようです」

「第二波？　誰が第二波という言葉を使ったのですか？」

「正式な情報なのかどうかはわかりませんが、テレビでは第二波……と言っています」

「まだ、第一波が終わっていないだけなんじゃないですか？　いつまで経ってもPCR検査ができない国ですからね。第二波ならば死者や重篤者が一気に増えるはずなんですが、そうはなっていないのでしょう？」

「確かにそのとおりですが……発熱外来の患者も急増しているのです」

「一般の方の受け入れはしていないはずですけど、飛び込み患者が多いのですか？」

「いえ、保健所からだけでなく、川崎市新型コロナウイルス感染症コールセンター、神奈川県新型コロナウイルス感染症専用ダイヤル、帰国者・接触者相談センター等で指示されたようなんです」

「市も県も何を考えているのか……市の健康福祉局保健所感染症対策課に至急連絡を取ってください。行政のミスで医療崩壊を起こされてはたまりませんからね」

「当院でPCR検査だけでも受けさせることは困難なのですか？」

「課長、もう少し、しっかりしてください。PCR検査は、医師が診療のために必要と判断した場合、又は公衆衛生上の観点から必要と判断した場合に実施しています。そのため、PCR検査を必要と判断されていない方について、役所や事業者等からの依頼により、各種証明が発行されることはありません。現に市が行うPCR検査で、その結果が陰性であった場合においても各種証明は行っていないのですよ」

「するとPCR検査をやって陽性が出た場合には、当院が患者を受け入れなければならない……ということですか？」

「そのとおりです。患者の意志だけでPCR検査を実施しているわけではありません。それは公的機関が行うことであって、当院は保健所からの依頼を受けて受け入れた患者に対して確認的にＰＣＲ検査を行っているに過ぎないのです」

「そうすると、一般の方がＰＣＲ検査を受けないよう、何らかの対処方策が必要ですね」

「公的医療機関やかかりつけ医を受診いただくことが原則です。そして、市や県が必要に応じて専用の外来への受診調整を行うようになっているのですから、そこを厳守させて下さい。そうでなければ、当院は新型コロナウイルス患者の受け入れを中止する旨を通告して下さい」

「そこまで言ってよろしいのでしょうか？」

「当たり前です。何のために公的医療機関が税金で運営されているのですか？　そして医療法人社団敬徳会がどれだけの税金を納めているのか、そこを考えて下さい」

廣瀬にしては珍しく、ムッとした顔つきを表に出していた。竹林課長が申し訳なさそうに訊ねた。

「廣瀬先生、申し訳ありません。私自身が最近新型コロナウイルスの影響か弱気になってしまっていました。ところで、この新型コロナウイルスはいつまで続くと思われますか？」

「新型コロナウイルスがこの世からなくなることはないと思います。ただし、ワクチンや治療薬の開発が進むでしょうから二、三年後には落ち着くとは思います」

「えっ、二、三年……そんなに長くかかるのですか？」

「人間の歴史は四千年以上、ウイルスとの闘いなのです。数あるウイルスの中で一〇〇パーセント駆除できたのは天然痘だけだと言われています。全ゲノム配列解析なんてものができるようになったのは、ほんの十年前のことですよ。それを考えれば二、三年である程度の対処法ができるということは、驚くべきことなんですよ」

「なるほど……そう考えると、ポジティブな面もありますね」

「一日に三万件のＰＣＲ検査ができる……とはいえ、結果的にそれを判断するのはあくまでも医師なんですね。しかし、ＰＣＲ検査の陰性証明というのは医学的にはなんの意味もないのが実情です。ＰＣＲ検査を行っても三割は偽陰性の可能性があるのが事実なんです」

「海外はどうなっているのですか？」

「一口に海外といっても格差があるのです。海外との関係は相互主義ですから、一国のＰＣＲ検査結果を以て陰性だからということで入国を受け入れるかどうか……ということは非常に微妙な問題なのです。しかも、その前提として陰性、陽性の判断基準として感度、特異度という対の表現が、まるで統計学の言葉のマジックのように使い分けられているのも問題なのです」

医学における感度とは、臨床検査の性格を決める指標の一つで、ある検査について「疾患のある人のうち、その検査結果が陽性になった人の割合」のことである。一方、それと対になる特異度は、「疾患のない人のうち、検査結果が陰性になった人の割合」のことをいう。一般的には、感度が高いと除外診断 (rule out) に有用であり、特異度が高いと確定診断に有用であると言われている。

「数字のマジックは聞いたことがありますが、言葉のマジックというのは意味がわかりません」

「簡単に言えばPCR検査結果だって、決して安心できるものではないということなんでしょう。日本が世界の中でPCR検査実施率の順位が百五十八位という背景には、ことの良し悪しはわかりませんが、そのあたりにあるのではないか……と思っています」

「難しい問題ですね」

「現時点では日本は感染者数に対する死亡者数の割合を抑えられているとはいえ、検査数を絞っている日本では無症状の感染者の数が正確に把握されていないのが実情です。日本は世界的にも高齢者の割合が高いため、今後、新型コロナウイルスの感染がまん延すると重篤化する人の割合や死に至る割合が高くなることも考えておく必要があるでしょう。七月に入ってから、検査陽性者数、経路不明の陽性者数、検査陽性率、入院患者数、重症患者数など、どの指標を見ても、日本で感染が拡大していることは間違いありませんからね。今後、本格的な夏休みの時期に突入した時のことを病院としても認識しておく必要があると思います」

廣瀬の言葉に竹林課長は目を丸くしていた。

廣瀬は医事課を出ると新生児科のＮＩＣＵに足を運んだ。

「廣瀬先生、お久しぶりです」

笑顔で声を掛けてきたのは栗田茉莉子助産師だった。隣に持田奈央子理事も笑顔で出迎えた。

「おや、お二人揃って、栗田さんは産科外来ではなく、今日もここで仕事？」

「婦人科、産科、新生児科は一体のようなものですから」

栗田の笑顔を見て、廣瀬は大きく呼吸をして言った。

「仕事が増えるばかりで、栗田さんには申し訳ないと思っているんですよ。リクルートまでさせてしまっていますからね」

「あれはあれで、看護師として唯一外に出る仕事ですから気分転換にもなって嬉しいです」

「そう言ってもらえると少しは気が楽になりますが、月岡香苗さんの件でも嫌な思いをさせてしまったでしょう？」

「彼女の精神がもたなかったことに対しては、私も助産師として心残りはあります。でも、逃げたパートナーは親になるという責任能力も認識も全くなかったのだと思います」

「三五〇グラムで生まれた赤ちゃんは、無事退院されたようですね」

「あの十七歳の母親も、これからハンディキャップを抱えた子どもを育てることができるのかが問題です。彼女もまた母親の実家がある北海道に行ってしまいましたから、助産師としてのお手伝いを直接することができないのが実情です」

「そういえば十七歳でしたよね……それも父親が不明……」

「自分では不明と言っていますが、本人は知っているはずなんです。でも、ついに父親のことは何も言わずに退院していきました。赤ちゃんのおばあさんになった方の何とも悲しげな表情がいまだに私の目に焼き付いています」

気落ちした様子の栗田の肩を持田奈央子が優しく抱きかかえて言った。

「ハンディキャップを背負うということは大変なことだけど、それでも懸命に生きて幸せを摑んでいる人もいるわ。二人の赤ちゃんがそうなるように祈っていましょう。私たちが今できることを前向きに考えることが大事だと思うわ」

栗田が二度、ゆっくりと頷いた。

これを見て廣瀬は持田に言った。

「持田さん。よろしくお願いします」

持田がゆっくりと頷いて「はい」と答えた。


一般病棟に向かうと院内刑事の前澤真美子が看護師ステーションで三人の看護師から質問を受けていた。廣瀬の姿に気づいた看護師の一人がその場を離れようとしていた。廣瀬はその動きに気を留める素振りも見せずに声を掛けた。

「何か困っていることはありませんか？」

「あ、廣瀬先生。実はご高齢の入院患者さんに対して、ご家族の方の面会ができないものか相談していたところなんです」

川崎殿町病院では二月末から新生児科以外の全ての病棟への見舞いを禁止してい

た。

「タブレット面会システムではなく、直接、手を触れあうような面会のことですね」

「はい。ご家族の方の中にはパソコンをお持ちでない方もいらっしゃいます。確かに別館のモニター室でタブレット面会もできてはいるのですが、特にご高齢者同士のご夫婦など、わざわざ病院まで足を運んでいただいて、直接面会できないのもかわいそうな気がするのです」

「確かに僕も気にはなっていたのです。ご高齢の方の中には認知症が進行するおそれもあるようですからね。ただ、ある程度のところで線引きをしないと、平等性に欠けてしまっては何もならなくなってしまいますからね」

「そうなんです。院内のどこかに面会室のような形で活用できる場所はないかと相談していたんです」

「言葉は悪いかもしれませんが、刑務所の面談室のような形を作らなければなりませんね。患者の安全を第一に考えなければなりませんからね」

「海外では、病院外の芝生があるような風通しのよいところで、ビニールシート越しに面会している映像がありましたけど……」

「これから夏本番を迎える時期に、日本では札幌でもそれはできないでしょうね。しかし、この新型コロナウイルス問題が長期化することを考えると、何か策を講じなければならないかもしれませんね」

廣瀬は真剣に考え始めていた。すると前澤が身を乗り出しながら急に話題を変えた。

「ところで、廣瀬先生。感染症病棟看護師長だった重野富美子さんと第一病棟の看護師、辻本直美さんが急にお辞めになった件ですが、警察に逮捕された……というのは本当のことなのですか？」

「そのようですね」

「それって、うちの病院が誹謗中傷された事件とかかわっているのですか？」

「そうなんでしょうね。医療法人社団敬徳会として告発していますから、理事長が対応していると思います」

「廣瀬先生は関与していないのですか？」

「もちろん僕の個人名も公開されていたわけですから、当事者の一人であることは間違いありませんが、逆に当事者であるが故に、何の情報も入って来ないのです。弁護士と理事長に任せるしかないでしょう」

廣瀬はポーカーフェイスをとおしていた。すると、看護師の一人が言った。

「あの、院内メールの中で、内部告発を推奨するような記載があったのですが、あれは本気なんですか？」

「もちろん。今や内部告発は公益通報者保護法という法律で、一般にいう内部告発を行った本人を保護しているのですからね。もう十五年も前からそうですよ」

「そうだったんですか……」

「ただ、内部告発は事実に即していなければなりません。勘違い……では済まされない。それが今回の案件でしょうね」

看護師の一人が訊ねた。

「廣瀬先生は元々警察だったのですよね。先生が警察と組んで辻本さんたちを捕まえたのではないですか？」

廣瀬が笑って答えた。

「僕が警察を辞めてかれこれ五年になります。確かに昔の仲間は組織に残っていますし、いまだに付き合いがある者もいますが、向こうは組織ですからね。それも警視庁という組織は日本警察の約五分の一を占める大組織なんですよ。五年も前に辞めた元警部と手を組んで捜査をするなんてことは考えられないでしょう」

「そういえばそうですね。警視庁と警察はどう違うのですか？」

「警視庁というのは東京都警察、神奈川県警と同じです」

「どうして警視庁だけ呼び名が違うのですか？」

「警察組織の要である警察庁という組織が全国四十七都道府県警察を管理しているのですが、その警察庁よりも警視庁ができたのが早かったからです。警視庁は明治時代前期、西郷隆盛が西南戦争をやった頃から存在する組織なんですよ」

「そうだったんですか？」

「特に警察組織というのは階級社会です。僕は警部という階級で辞めましたけど、警部の上には警視、警視正、警視長、警視監、警視総監という五つの階級があるんです。警部の下には警部補、巡査部長、巡査の三つしかないんです。そんな、元警部と大組織の警視庁がタッグを組むなんてことがあると思いますか？」

「ないですよねぇ～」

看護師は気まずくなったのか照れ笑いをしながら答えたので、廣瀬も笑って答えた。

「ないですよねぇ～。まあ、警察組織のことは下手な警察小説より少しは知っていますから、何かわからないことがあれば聞いて下さい」

すると看護師が身を乗り出して思わぬことを言った。

「実は私、全医労協の組合員なんです。といっても、辻本さんたちに勧められて入ったばかりなんですが、ここに入っていると、川崎殿町病院内では不利益を被ることになるのでしょうか？」

廣瀬は即答した。

「全くありません。日本国憲法第二十一条は結社の自由を規定しています。これは表現の自由に類するものですが、憲法で認められている権利を制限することはありません」

「でも、辻本さんが辞めた後、全医労協に入っていた人たちはほとんど川崎殿町病院を辞めていったんです。それは不利益を被るから……ではなかったかと思ったのです」

「その点は百パーセントありませんから安心して働いて下さい。そうだよね、前澤さん」

「はい。間違いありません。ね、言ったでしょう？」

前澤が廣瀬に答えて、看護師に言い聞かせるように振ると、看護師が答えた。

「だって、前澤先生は廣瀬先生みたいにわかりやすく説明してくれないんだもん。余計、不安になっていたところだったのよ」

その場が笑いに包まれた。

廣瀬が前澤と共に看護師ステーションを出ると、前澤が周囲を見回して小声で言った。

「実はちょっと困ったことが院内で起こっているんです」

前澤が言うには院内で新型コロナウイルス感染対策に従事している職員とそうでない者の間に微妙な空気が流れている……というものであった。

「新型コロナウイルス医療従事者の『こころ』をどう守るか……ですね」

「病院内の一体感を高める必要があると思います」

「非常に大切なところに気付いていただいて感謝します。早急に対応策を講じなければなりません。特にコロナ担当従事者の孤立感の解消が問題になってくるでしょう」

廣瀬はめまぐるしく頭を回転させていた。川崎殿町病院ではコロナ担当従事者への完璧な感染防止対策を取り、自衛隊中央病院と同等の設備、装備を施して万全の体制をとっていたつもりだった。しかし、職員の中にはやはり「感染症」に対する恐怖の意識が存在していたのだ。

「コロナ担当従事者には心身共に負担の軽減が必要かと思います」

「確かにそのとおりです。しかし、それ以上にコロナ担当従事者以外の一般職員に対する早急な意識改革と厳しい指導が必要です」

「全員がそうだというわけではありません」

「それでも、一部であってもそのような事態が現実に発生していることが問題なのです。なんらかの対処要領が必要です」

「何らかのマニュアルを作るのですか？」

「こういう問題には対応マニュアルを作っても仕方がないのです。セオリーを如何《いか》に植え付けるかが危機管理の基本なんです。こういう案件はまさに組織運営の危機の始まりでもあります」

廣瀬の動きは早かった。翌朝、全医局長と全看護師長を会議室に集めた。

「昨今、当院内でもコロナ担当従事者に対する偏見に近い空気が流れているようです。医療法人社団敬徳会理事長とも協議しましたが、もし、今後、このような状況を察知した場合には重大案件として直ちに人事委員会を開催し、懲戒解雇を含む処分を行います。医療従事者である以前に、人としてやってはならないことを周知徹底させていただきたい。なお、本日中に院内メールで文書として発出いたしますので、全員の署名押印を医事課に提出して下さい」

廣瀬がこれまで見せたことがない厳しい姿勢と口調に会議室内の空気は張りつめて

いた。これを察した廣瀬が穏やかな顔つきに戻って言った。

「みんな、仲間じゃないですか。一緒に闘い、一緒に笑い、いつか、一緒に祝杯を挙げましょう」

一斉に拍手が起こった。


その夕方廣瀬は川崎殿町病院二十二階の理事長第二応接室で、住吉理事長とブランデーグラスを片手に、夕日に浮かぶ富士山を窓辺に立って並んで眺めていた。住吉理事長が「富士山はいいですねえ」と感慨深げにつぶやいた後に言った。

「廣瀬先生、最近病院内の風通しがよくなったような気がしますね」

「新型コロナウイルス対策の影響でしょう」

「なるほど、そうきましたか」

二人はグラスを合わせると、笑顔で富士山の向こうに沈む夕日を眺めていた。

この作品は完全なるフィクションであり、
登場する人物や団体名などは、
実在のものといっさい関係ありません。

参考資料
『新・ヘリポートの造り方』木下幹巳著・
エアロファシリティー株式会社

|著者| 濱 嘉之　1957年、福岡県生まれ。中央大学法学部法律学科卒業後、警視庁入庁。警備部警備第一課、公安部公安総務課、警察庁警備局警備企画課、内閣官房内閣情報調査室、再び公安部公安総務課を経て、生活安全部少年事件課に勤務。警視総監賞、警察庁警備局長賞など受賞多数。2004年、警視庁警視で辞職。衆議院議員政策担当秘書を経て、2007年『警視庁情報官』で作家デビュー。主な著書に『警視庁情報官』『ヒトイチ 警視庁人事一課監察係』『院内刑事《デカ》』シリーズ（以上、講談社文庫）、『警視庁公安部・片野坂彰』シリーズ（文春文庫）など。現在は、危機管理コンサルティングに従事するかたわら、TVや紙誌などでコメンテーターとしても活躍中。

院内刑事《いんないでか》　ザ・パンデミック

濱《はま》 嘉之《よしゆき》

© Yoshiyuki Hama 2020

講談社文庫

定価はカバーに
表示してあります

2020年11月13日第1刷発行

発行者――渡瀬昌彦
発行所――株式会社　講談社
東京都文京区音羽2-12-21　〒112-8001
電話　出版（03）5395-3814
　　　販売（03）5395-5817
　　　業務（03）5395-3615

デザイン―菊地信義
本文データ制作―講談社デジタル製作
印刷――大日本印刷株式会社
製本――大日本印刷株式会社

Printed in Japan

落丁本・乱丁本は購入書店名を明記のうえ、小社業務あてにお送りください。送料は小社負担にてお取替えします。なお、この本の内容についてのお問い合わせはミモレ編集部あてにお願いいたします。

本書のコピー、スキャン、デジタル化等の無断複製は著作権法上での例外を除き禁じられています。本書を代行業者等の第三者に依頼してスキャンやデジタル化することはたとえ個人や家庭内の利用でも著作権法違反です。

ISBN978-4-06-521737-5

講談社文庫刊行の辞

二十一世紀の到来を目睫に望みながら、われわれはいま、人類史上かつて例を見ない巨大な転換期をむかえようとしている。

世界も、日本も、激動の予兆に対する期待とおののきを内に蔵して、未知の時代に歩み入ろうとしている。このときにあたり、創業の人野間清治の「ナショナル・エデュケイター」への志を現代に甦らせようと意図して、われわれはここに古今の文芸作品はいうまでもなく、ひろく人文・社会・自然の諸科学から東西の名著を網羅する、新しい綜合文庫の発刊を決意した。

激動の転換期はまた断絶の時代である。われわれは戦後二十五年間の出版文化のありかたへの深い反省をこめて、この断絶の時代にあえて人間的な持続を求めようとする。いたずらに浮薄な商業主義のあだ花を追い求めることなく、長期にわたって良書に生命をあたえようとつとめるところにしか、今後の出版文化の真の繁栄はあり得ないと信じるからである。

同時にわれわれはこの綜合文庫の刊行を通じて、人文・社会・自然の諸科学が、結局人間の学にほかならないことを立証しようと願っている。かつて知識とは、「汝自身を知る」ことにつきていた。現代社会の瑣末な情報の氾濫のなかから、力強い知識の源泉を掘り起し、技術文明のただなかに、生きた人間の姿を復活させること。それこそわれわれの切なる希求である。

われわれは権威に盲従せず、俗流に媚びることなく、渾然一体となって日本の「草の根」をかたちづくる若く新しい世代の人々に、心をこめてこの新しい綜合文庫をおくり届けたい。それは知識の泉であるとともに感受性のふるさとであり、もっとも有機的に組織され、社会に開かれた万人のための大学をめざしている。大方の支援と協力を衷心より切望してやまない。

一九七一年七月

野間省一

濱 嘉之の好評既刊

新装版　院内刑事《デカ》

廣瀬知剛は大病院のあらゆるトラブルを処理する警視庁公安OB。ある日、脳梗塞で倒れた財務大臣が運ばれてきた。どうやら何者かに一服盛られたらしい――〝院内刑事〟の秘密捜査が始まる！

新装版　院内刑事《デカ》
ブラック・メディスン

製薬会社のMRから、多額の賄賂を受け取っている医師が院内にいるという情報を得て、ジェネリック医薬品の闇を追う廣瀬。すると、病院が北朝鮮からサイバー攻撃を受ける――

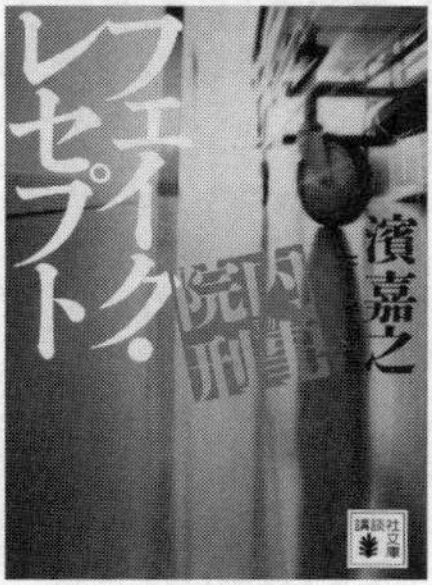

新装版　院内刑事《デカ》
フェイク・レセプト

女性初の総理候補の出産、引きこもり青年の入院――様々な危機に対処する院内交番に、県警から新しい仲間が加わった！　レセプト（診療報酬明細書）のビッグデータから、大がかりな不正をあぶり出す

濱 嘉之の好評既刊

警視庁情報官
ノースブリザード

〝日本初〟の警視正エージェントが攻める！ 「北」をも凌ぐ超情報術とは

警視庁情報官
ゴーストマネー

日銀総裁からの極秘電話に震撼する警視庁幹部。千五百億円もの古紙幣が消えたという

警視庁情報官
サイバージハード

秋葉原の銀行ATMがハッキング被害に。犯人の狙いは金か、それとも——

警視庁情報官
ブラックドナー

ついに舞台は海外へ！ 臓器密売ルートを暴くため黒田はマニラへ飛ぶ

警視庁情報官
トリックスター

警視庁情報室の黒田が捜査するのは、基幹産業から自衛隊、大物代議士までをも巻き込む大詐欺疑惑

警視庁情報官
ハニートラップ

国家機密が漏洩！ 陰に中国美女の色仕掛け（ハニートラップ）あり——

濱 嘉之の好評既刊

ヒトイチ　内部告発　警視庁人事一課監察係
監察に睨まれたら、仲間の警官といえども丸裸にされる。
緊迫の内部捜査！

ヒトイチ　画像解析　警視庁人事一課監察係
「警察が警察を追う」シリーズ、絶好調第二弾！

ヒトイチ　警視庁人事一課監察係
警視庁人事一課、通称「ヒトイチ」の若手監察係長・榎本博史は、警視庁内部の不正に昼夜目を光らせていた

濱 嘉之の好評既刊

オメガ
対中工作
共産党支配下の大国の急所を狙うべく、闇を駆ける日本人エージェントたち。彼らが見た現実とは

オメガ
警察庁諜報課
闇に広がる冷酷な諜報の世界を、臨場感あふれるアクションでつないだ待望の新シリーズ！

列島融解
緊迫の政治経済小説！　若き議員が掲げるエネルギー政策は、日本を救えるのか？

電子の標的
警視庁特別捜査官・藤江康央
パスモ、Nシステム、監視カメラに偵察衛星、ハイテク捜査の限りを尽くして犯人を追い詰めろ！

鬼手
世田谷駐在刑事・小林健
捜査の第一線を知り尽くした著者が描く、現場と家族の物語